R. U. R.

로줌 유니버설 로봇 **ROSSUM'S UNIVERSAL ROBOTS**

서막의 코미디와 3막의 본극으로 구성된 집단극

일러두기

- 본문의 모든 주석은 옮긴이 주다.
- 이 책은 카렐 차페크의 『희곡 – 작품집 VII *Dramata – Spisy VII*』(Praha: Český spisovatel, 1992)에 실린 「R. U. R.」을 번역한 것이다.

R. U. R. 로줌 유니버설 로봇

Rossum's Universal Robots

카렐 차페크 지음   **유선비** 옮김

🐟 이음

등장인물

해리 도민: R. U. R.의 대표
파브리 공학박사: R. U. R.의 기술이사
갈 박사: R. U. R.의 생리학과 실험부서장
할레마예르 박사: R. U. R.의 로봇 심리교육연구소장
통상자문 부스만: R. U. R.의 재무이사
건축가 알퀴스트: R. U. R.의 건축소장
헬레나 글로리오바
나나: 헬레나의 유모
마리우스: 로봇
술라: 로봇
라디우스: 로봇
다몬: 로봇
1호 로봇
2호 로봇
3호 로봇
로봇 프리무스
로봇 헬레나
로봇 하인과 다수의 로봇들

도민   서막에서는 대략 38세 정도이며 큰 키에 면도를 한 모습
파브리   마찬가지로 면도를 한 얼굴에 금발이며 근엄하면서도
            인상이 부드러운 얼굴
갈   작고 활력이 넘치고 검은 콧수염이 있는 그을린 얼굴
할레마예르   덩치가 크고 목소리가 우렁차며 붉은색의 영국식 콧수염과
            붉은색 수세미 머리
부스만   뚱뚱하고 대머리에 근시인 유대인
알퀴스트   다른 사람들보다 나이가 들었으며 옷을 대충 입었고
            희끗희끗한 긴 머리와 수염
헬레나   매우 우아한 모습

차례

연극이 본격적으로 시작되는 1막에서는 모든 등장인물의 나이가
10살 더 들어 있다.

로봇들은 서막에서는 옷을 사람처럼 입고 있다. 동작과 발음이 간결하고
얼굴에는 표정이 없으며 시선은 고정되어 있다. 본극에서는 리넨 천으로
된 겉옷을 혁대로 조이고 있으며 가슴에는 황동 번호표를 달고 있다.

서막과 2막 이후에 휴식.

서막

로줌 유니버설 로봇의 본사. 오른쪽에 입구가 있다. 정면의 벽에 난 창문을 통해 끝없이 줄지어 선 공장 건물이 보인다. 왼쪽에는 이사와 부서장들의 사무실이 있다.

도민은 커다란 미국산 책상 옆 회전의자에 앉아 있다. 책상 위에는 전구, 전화, 문진, 우편물 파일 등이 놓여 있고, 왼쪽 벽에는 배와 철도 노선이 그려진 커다란 지도, 커다란 달력, 정오가 되기 몇 분 전을 가리키고 있는 벽시계가 걸려 있다. 오른쪽 벽에는 인쇄된 포스터가 붙어 있다. "가장 저렴한 노동자는 로줌의 로봇." "신제품 열대지방용 로봇, 개당 150달러." "모두 자기만의 로봇을 사세요!" "생산 단가를 낮추고 싶으신가요? 로줌의 로봇을 주문하세요." 옆에는 여러 종류의 지도, 선박 운항 시간표, 환율의 전신기록표 등이 붙어 있다. 벽의 이런 장식들과는 대조적으로 바닥에는 호화로운 터키 카펫이 깔려 있고 오른쪽에는 둥근 탁자, 소파, 가죽으로 된 팔걸이 의자가 있고, 책 대신 와인과 독주 병들이 놓여 있는 책장이 있다. 왼쪽에는 금고가 있다. 도민의 책상 옆에 타자기가 있고 거기에서 술라가 타자를 치고 있다.

도민
(받아쓰게 한다) "— 운송 시 파손된 물건은 보증하지 않습니다. 우리는 선적할 때 귀사의 선장에게, 선박은 로봇 운송에 적합하지 않다고 주의를 주었습니다. 따라서 운송 시 발생하는 손해는 우리 책임이 아닙니다. 로줌 유니버설 로봇을 대표해서 — 표명하는 바입니다 —" 완료됐나?

술라
예.

도민

새 종이. "프리드리히스베르케, 함부르크 — 날짜 — 로봇
1만 5천 개에 대한 주문을 확인해드리는 바입니다." (사무실
전화가 울린다. 도민이 수화기를 들고 말한다) 여보세요? 여기는 본부
— 그렇소 — 확실합니다 — 그럼요. 항상 그렇듯이 —
물론입니다. 그들에게 전보를 보내주세요 — 좋습니다.
(전화를 끊는다) 내가 어디서 멈췄더라?

술라

로봇 1만 5천 개에 대한 주문을 확인해드리는 바입니다.

도민

(숙고하며) 로봇 1만 5천이라. 로봇 1만 5천이라.

마리우스

(들어오며) 대표님, 웬 여성분께서 —

도민

누구?

마리우스

모르겠습니다. (명함을 건넨다)

도민

(읽으며) 글로리 대표 — 들어오시라고 하게.

마리우스

(문을 열며) 들어오십시오.

> 헬레나 글로리오바가 들어오고. 마리우스가 나간다

도민

(일어나며) 어서 오십시오.

헬레나

도민 대표님이신가요?

도민

그렇습니다.

헬레나

제가 어떻게 찾아왔냐면 ─

도민

─ 글로리 대표님 명함을 가지고 오셨네요.
이거면 충분합니다.

헬레나

글로리 대표님이 제 아버지세요. 전 헬레나 글로리오바[1]

---

1   체코에서 여자의 성은 미혼인 경우 아버지의 성, 기혼인 경우 남편의 성 끝에
     '─ ová'를 붙여 만든다. 헬레나는 미혼이므로 아버지의 성인 '글로리'를 따라 헬레나
     글로리오바(Helena Gloryová)로 불리는 것이다.

입니다.

도민

글로리오바 양, 정말 영광입니다, 그런데 ─ 그런데 ─

헬레나

─ 그런데 공장은 보여줄 수 없다는 건가요.

도민

─ 그게 아니라 이토록 훌륭하신 대표님의 따님께 인사를
청해도 될지 모르겠다는 겁니다. 앉으시죠. 술라, 나가도 좋네.

　　　　술라가 나간다

도민

(앉으며) 무얼 도와드릴까요, 글로리오바 양?

헬레나

제가 온 건요 ─

도민

─ 우리가 공장에서 어떻게 로봇을 생산하는지 보시기
위해서겠죠. 다른 모든 방문자들처럼 말이죠.

헬레나

저는 금지된 거라고 생각했는데 ─

도민

— 공장 진입은 그렇습니다. 하지만 누군가의 명함을 소지하고 오시는 분은 예외죠.

헬레나

그럼 그런 사람들 모두에게 보여주시나 보죠?

도민

그냥 일부분만요. 인조인간의 생산 과정은 공장의 비밀입니다.

헬레나

만약에 아신다면… 그게 제게…

도민

얼마나 흥미로운 일인지 말입니까? 구유럽에서는 요즘 그 이야기 빼면 할 말이 없잖아요.

헬레나

왜 제 말을 끝까지 들어주시지 않나요?

도민

죄송합니다. 다른 말씀을 하시려고 했던 건가요?

헬레나

그냥 제가 여쭤보려고 했던 건 —

도민

당신께 예외적으로 우리 공장을 보여줄 수 없는지에 대한 거겠죠. 글로리오바 양, 물론 그렇게 해드리겠습니다.

헬레나

그걸 물어볼지 어떻게 아셨어요?

도민

모두가 같은 걸 묻습니다. (일어난다) ― 간단히 말해 ― 다른 사람들보다 더 많이 보여드리죠.

헬레나

감사합니다.

도민

아주 사소한 거라도 아무한테나 말하지 않겠다고 맹세하신다면 ―

헬레나

(일어나서 악수를 청하며) 제 명예를 걸고.

도민

감사합니다. 혹시 베일을 걷으실 의향은 없으신가요?

헬레나

아, 물론이죠. 보고 싶으셨군요 ― 실례해도 괜찮을까요.

도민

무슨?

헬레나

제 손을 놓아주신다면요.

도민

(놓으며) 이런, 죄송합니다.

헬레나

(베일을 걷으며) 제가 스파이는 아닌지 보고 싶으셨다는
말씀이시죠. 조심스러우시네요.

도민

(그녀를 열정적으로 바라보며) 흠 — 물론 — 우리가 — 그렇죠.

헬레나

저를 믿지 못하시는 건가요?

도민

특별히요, 헬레 — 죄송합니다, 글로리오바 양. 진심으로
특별하게 영광스럽습니다 — 여정은 괜찮으셨습니까?

헬레나

예, 왜 —

도민

왜냐하면 ― 그러니까 ― 아직 너무 젊으셔서 그렇습니다.

헬레나

즉시 공장으로 가는 건가요?

도민

예. 스물둘이라고 생각됩니다, 아닌가요?

헬레나

뭐가 스물둘이죠?

도민

나이가요.

헬레나

스물하나예요. 그걸 왜 알고 싶으신 거죠?

도민

왜냐하면 ― 그러니까 ― (들떠서) 오래 머무르실 거죠, 그렇죠?

헬레나

그거야 생산하시는 것 중에서 무엇을 보여주시는가에 달렸죠.

도민

골칫덩어리 생산 같으니! 하지만 물론입니다, 글로리오바 양,

모든 걸 보시게 될 겁니다. 앉으시지요. 발명의 역사에도
관심이 있으실까요?

헬레나

예, 부탁드려요. (앉는다)

도민

자, 그럼. (책상에 앉아 넋 나간 듯 헬레나를 바라보며 빠르게 말을 내뱉는다)
당시 아직은 젊은 학자였던 위대한 생리학자 로줌 시니어가
해양생물을 연구하기 위해서 이 머나먼 섬에 온 것은
1920년이었습니다. 그는 해양생물을 연구하는 동시에
화학적 합성물을 이용해 원형질이라고 말할 수 있는 생물체를
복제하려고 시도했는데, 이 시도는 생물체와는 다른 화학적
구성으로 되어있기는 하지만 완벽하게 생물체처럼 행동하는
물질을 발견할 때까지 계속되었고, 이러한 물질을 발견한 것은
바로 아메리카를 발견한 지 딱 440년 후인 1932년이었습니다.
휴우.

헬레나

그걸 외우고 계시나 봐요?

도민

예, 글로리오바 양, 생리학은 제 전문 분야가 아니라서요.
그럼 계속할까요?

헬레나

네, 그러세요.

도민

(장엄하게) 아가씨, 그 당시 말입니다. 로줌 시니어는 자기 화학
공식들 사이에다 이런 말을 적어두었습니다. "자연은 살아 있는
물질을 구조화하는 데 있어 단지 하나의 방법만을 발견했다.
하지만 다른 방법이 있다. 그것은 자연이 전혀 맞닥뜨리지
않은, 더 간단하고, 더 형태가 뚜렷하며, 더 신속한 방법이다.
생명의 발전을 가져올 수 있는 이 두 번째 방법을 내가 최근에
발견했다." 글로리오바 양, 상상해보십시오. 하물며 개도 먹지
않을 콜로이드 젤리 같은 점액질을 놓고 로줌은 이렇게 대단한
문구를 적었던 겁니다. 시험관 앞에 앉아서 어떻게 거기서
생명의 나무가 자라날지, 어떻게 원생동물에서 시작해서
마침내 — 마침내 바로 인간까지 이르는 모든 동물들이 나올지
생각하고 있는 그를 한번 상상해보십시오. 여기서 말하는
인간은 우리와는 다른 물질로 만들어진 인간을 의미하는
겁니다. 글로리오바 양, 그건 엄청난 순간이었죠.

헬레나

계속하세요.

도민

계속하라고요? 지금 이건 시험관에서 만든 생명을 밖으로
꺼내서 발달을 촉진하여 기관과 뼈, 신경 등등을 만들고 뭔지
모를 물질, 촉매제, 효소, 호르몬 기타 등등을 발견하는 것에

관한 이야기입니다. 한마디로, 이해하시겠습니까?

헬레나

모… 모르겠어요. 그냥 조금이요.

도민

저는 전혀 모르겠습니다. 아시다시피, 그 물질로 원하는 걸 만들 수 있었겠죠. 소크라테스의 뇌를 가진 메두사나 50미터 길이의 지렁이를 만들 수도 있었을 테고. 그런데 그는 유머가 눈곱만큼도 없어서 정상적인 척추동물 혹은 사람 같은 걸 만들겠다고 결심한 겁니다. 그러고는 그걸 시작했죠.

헬레나

뭘요?

도민

자연을 모방하는 것 말입니다. 제일 처음에는 인공적인 개를 만들려고 시도했습니다. 그러는 데 몇 년이 걸렸고 발육이 미숙한 송아지 같은 게 나왔죠. 며칠 만에 죽었지만요. 박물관에 있는데 보여드리죠. 이어서 로줌 시니어는 인간을 창조하기 시작했습니다.

헬레나

이런 걸 아무한테나 말씀하시면 안 되는 거 아닌가요?

도민

이 세상 누구에게도.

헬레나

그런데 그게 벌써 글에 다 나와 있다는 게 유감이긴 하네요.

도민

유감이죠. (책상에서 뛰쳐나와 헬레나 옆에 앉는다) 그런데 글에 나와 있지 않은 게 뭔지 아십니까? (이마를 두드린다) 로줌 시니어는 엄청난 미치광이였단 말이죠. 진짜입니다. 하지만 글로리오바 양, 이건 혼자서만 아셔야 합니다. 그 늙은 괴짜는 정말로 사람을 만들고 싶어했습니다.

헬레나

하지만 어찌 됐건 당신도 사람을 만들고 있잖아요?

도민

대충 말하자면 그렇죠, 글로리오바 양. 하지만 로줌 시니어가 만들려던 사람이란 정말 말 그대로 사람을 의미해요. 아실지 모르겠지만, 그는 과학으로 신을 끌어내리려 했던 겁니다. 무시무시한 물질주의자였죠. 그래서 그 모든 걸 했던 거고요. 그가 하려던 건 어떤 신도 필요 없다는 증거를 제시하는 것, 그 이상도 그 이하도 아니었던 겁니다. 그래서 우리와 같은 사람을 머리카락만큼의 오차도 없이 만들길 열망했습니다. 해부학에 대해 좀 아십니까?

헬레나

글쎄요 ─ 거의 몰라요.

도민

저도 그렇습니다. 그가 인간의 몸에 있는 것과 똑같이, 마지막
분비선까지도 모두 만들려고 했다는 걸 상상해보십시오.
맹장, 편도선, 배꼽 모두 불필요한 것들이죠. 심지어 ─ 음 ─
생식기까지도 만들려고 했어요.

헬레나

하지만 그것들은 그래도 ─ 그래도 ─

도민

─ 불필요한 게 아니죠, 저도 알아요. 하지만 인간을
인공적으로 생산한다면 그건 좀 아니죠 ─ 음 ─ 결코
생식기까지 만들 필요는 ─

헬레나

이해됐어요.

도민

박물관에서 보여드리겠습니다, 그가 10년 동안 서툴게 만든
결과물을요. 그게 아마 남자 인간이었던 것 같은데 3일 정도
살았습니다. 로줌 시니어는 센스가 전혀 없었어요. 만든 건
형편없었죠. 하지만 내부에, 사람이 가진 걸 모두 가지고 있긴
했습니다. 실질적으로 무지하게 까다로운 작업이었죠. 그럴

때 조카인 로줌 공학박사가 왔던 겁니다. 글로리오바 양, 그는
머리가 천재적이었어요. 시니어가 벌인 일들을 보고는 말했죠.
"인간을 10년이나 걸려서 만들다니 어리석은 짓입니다. 만약
자연보다 더 빨리 만들지 못한다면, 그런 쓰레기는 모두
무시해야 합니다." 그러고는 그 스스로 해부학을 연구하기
시작했습니다.

헬레나

글에는 다르게 쓰여 있던걸요.

도민

(일어난다) 글에 실린 건 돈을 낸 광고이고, 말하자면
헛소리들이죠. 예를 들어 로봇을 시니어가 발명했다는 건
맞습니다. 그런 면에서 시니어는 어쩌면 대학에는 어울릴
수도 있었겠죠. 하지만 공장생산에 대해서는 감이 없었습니다.
그는 새로운 인종이든 똑똑이나 멍청이든 간에, 진짜
사람을 만들려고 한 겁니다. 아시겠습니까? 로줌 주니어에
가서야 비로소 살아 있고, 지적이며, 노동하는 기계를 만들
생각을 가지게 된 거죠. 글에 쓰여 있는 두 위대한 로줌의
협업은 지어낸 이야기입니다. 그 두 사람, 서로 무지하게
싸웠으니까요. 나이 든 무신론자는 산업에 대해서는
눈곱만큼도 이해하지 못했죠. 결국에는 주니어가 시니어
로줌을 한 실험실에 가둬서 본인의 위대한 수술을 위해
고군분투하도록 했습니다. 시니어는 그 안에서 홀로 자기
방식대로 작업하기 시작했지요. 로줌 시니어는 말 그대로
주니어를 저주하며 실험실에 갇힌 채 생리학적 괴물을 두 개

더 만들었으며, 끝내는 실험실에서 죽은 채로 발견되었습니다.
이게 역사의 전부입니다.

헬레나

그럼 주니어는요?

도민

로줌 주니어는 새로운 세상의 기원이었죠. 깨달음의 세대
이후에 온 생산의 세대! 주니어는 인간의 해부에 대해
충분히 연구하고 나서 인체가 지나칠 정도로 복잡하다는 걸
알았고, 훌륭한 공학도는 그걸 더 간단하게 만들 수 있다는
걸 깨달았죠. 그래서 해부학적 조직을 다시 만들기 시작했고
빼거나 단순하게 만들 수 있는 것에 대해 실험을 했습니다.
간단히 말해 ─ 글로리오바 양, 지루하지 않으십니까?

헬레나

아니요, 무척 흥미로운걸요.

도민

그래서 로줌 주니어가 말했죠. 사람은 기쁨을 느끼거나
바이올린을 켜거나 산책을 하고 싶어하고, 너무나 많은 것을
필요로 한다고요 ─ 사실 생각해보면 다 쓸데없는 것들인데요.

헬레나

오호!

도민

기다려보십쇼! 뜨개질이나 셈을 할 때 필요 없는 것은
무엇일까요. 글로리오바 양, 디젤 엔진에 술 장식을 달거나
문양을 새길 필요는 없겠죠. 인공적인 노동자를 생산하는 것은
디젤 엔진을 만드는 것과 마찬가지입니다. 생산은 될 수 있는
한 가장 단순해야 하고 생산품은 실용적인 게 가장 좋죠. 어떤
일꾼이 실용적으로 가장 좋다고 생각하십니까?

헬레나

가장 좋다? 글쎄요, 그건 — 그건 — 만약 충직하고 —
헌신적이라면.

도민

아닙니다, 가장 저렴한 일꾼입니다. 가장 손이 덜 가는
일꾼이죠. 로줌 주니어는 가장 손이 덜 가는 일꾼을
발명했습니다. 그걸 간단하게 만들어야 했죠. 일에 직접적으로
필요하지 않은 건 모두 제거해버렸습니다. 그렇게 함으로써
사실은 인간을 내던지고 로봇을 만든 겁니다. 존경하는
글로리오바 양, 로봇은 인간이 아닙니다. 로봇은 기계적으로
우리보다 더 완벽하고 명석한 사고력을 가졌지만 영혼은
없습니다. 오! 글로리오바 양, 공학자의 생산품은 자연의
생산품보다 기술적으로 더 정교한 것입니다.

헬레나

사람은 신의 창조물이라고들 하죠.

도민

안타까운 일이죠! 신은 현대적인 기술에 대해서는 감이
전혀 없으니까요. 불쌍한 로줌 주니어가 신 놀이를 했다면
믿으시겠습니까?

헬레나

어떻게 말씀이신가요?

도민

슈퍼로봇을 만들기 시작했습니다. 노동하는 거인들요. 키가
4미터나 되는 로봇을 만들려고 했지만, 그 매머드들이 어떻게
부서졌는지 말씀드려도 믿지 못하실 겁니다.

헬레나

부서져요?

도민

예, 아무 이유 없이 갑자기 다리나 뭐 이런 것들이
박살났습니다. 우리의 행성은 십중팔구 거인들에게는 작은가
봅니다. 지금은 그저 자연스러운 크기와 합리적인 인간의
형태로 로봇을 만듭니다.

헬레나

우리나라에서 처음 들여온 로봇을 본 적 있어요. 우리 단체에서
로봇을 구입했… 그러니까 로봇을 고용했다고 말하려던
것인데 ―

도민

구입했죠, 글로리오바 양, 로봇은 구입하는 겁니다.

헬레나

— 청소용으로 고용했죠. 저는 로봇들이 청소하는 걸 봤어요. 그런데 그들은 너무 이상하고 너무 조용했어요.

도민

제 여비서를 보셨습니까?

헬레나

눈여겨보질 않았네요.

도민

(벨을 울리며) 아시겠지만, 주식회사인 로줌 유니버설 로봇 공장은 지금까지 단일 상품만 생산하지는 않습니다. 더 부드럽거나, 더 거친 로봇이 있죠. 더 나은 것들은 아마도 20년쯤은 갈 겁니다.

헬레나

그러고 나면 죽나요?

도민

예, 수명을 다한 거죠.

술라가 들어온다

도민

술라, 글로리오바 양에게 인사드리게.

헬레나

(일어나 손을 내밀며) 만나서 반가워요. 세상에서 이렇게나 멀리
떨어져 있으니 아마도 엄청 슬플 거 같아요, 그렇죠?

술라

그런 건 모릅니다, 글로리오바 양. 앉으십시오.

헬레나

(앉으며) 아가씨는 어디 출신이에요?

술라

여기, 공장입니다.

헬레나

아하, 여기서 태어나셨군요?

술라

예, 여기서 만들어졌습니다.

헬레나

(벌떡 일어나며) 뭐라고요?

도민

(웃으며) 글로리오바 양, 술라는 사람이 아닙니다.
술라는 로봇이에요.

헬레나

어머! 용서하세요 —

도민

(술라의 어깨에 손을 얹으며) 술라는 화를 내지 않습니다.
글로리오바 양, 우리가 어떤 피부를 만드는지 한번 보시죠.
얼굴을 만져보세요.

헬레나

오! 아뇨, 아뇨!

도민

우리랑은 다른 물질로 만들어진 걸 알아채지 못하셨습니까?
전형적인 가는 금발이에요. 그저 눈이 좀 작을 뿐이죠. 하지만
저 머리카락은 정말 멋지죠! 술라, 돌아보게!

헬레나

그만 멈추세요! 이제 그만하세요!

도민

술라, 손님과 대화해보게. 아주 중요한 손님이시네.

술라

아가씨, 앉으십시오. (헬레나와 술라 모두 앉는다)
항해는 괜찮으셨습니까?

헬레나

예 ― 물 ― 물론이요.

술라

아멜리아호로 돌아가지 마십시오, 글로리오바 양, 기압계가
705로 떨어지고 있습니다. 펜실베이니아호를 기다리십시오.
매우 잘 만든 빠른 배입니다.

도민

얼마나?

술라

시간당 20노트입니다. 용적 톤수는 1만 2천입니다.

도민

(웃으며) 충분해, 술라, 충분해. 프랑스어 하는 걸 좀 보여주게.

헬레나

프랑스어도 하세요?

술라

4개 국어를 합니다. Dear Sir! Monsieur!

Geehrter Herr! 존경하는 선생님!

헬레나

(벌떡 일어나며) 이건 사기예요. 당신은 협잡꾼이군요. 술라는 로봇이 아니에요. 술라는 나와 같은 소녀예요. 술라 씨, 이건 부끄러운 일이에요! — 왜 이런 코미디를 하시는 거죠?

술라

저는 로봇입니다.

헬레나

아뇨, 아뇨, 당신은 거짓말을 하고 있어요! 오, 술라 씨! 미안해요, 알 거 같아요 — 저들이 당신에게 광고를 하도록 강요했군요. 술라 씨, 당신은 저와 똑같은 소녀죠, 그렇죠? 말해보세요!

도민

글로리오바 양, 유감입니다. 술라는 로봇입니다.

헬레나

당신은 거짓말을 하고 있어요!

도민

(벌떡 일어나며) 어떻게 그런 소릴? — (벨을 울린다) 실례하지만, 아가씨, 그럼 당신께 확신을 드려야겠네요.

마리우스가 들어온다

도민

마리우스, 술라를 해부실로 데려가게. 그녀를 해부하도록,
빨리!

헬레나

어디로요?

도민

해부실입니다. 그녀를 다 자르면 보러 가시죠.

헬레나

안 가요!

도민

실례지만, 거짓말이라고 하셔서요.

헬레나

그녀를 죽도록 내버려 두시겠다는 건가요?

도민

기계는 죽지 않습니다.

헬레나

(술라를 껴안으며) 술라, 두려워 말아요, 내가 당신을 저들에게

넘겨주지 않을 거예요. 말해봐요, 모두가 당신에게 이렇게 잔인한가요? 이렇게 맘대로 하도록 내버려두면 안 돼요, 알아듣겠어요? 그래서는 안 돼요, 술라!

술라

저는 로봇입니다.

헬레나

상관없어요. 로봇들도 우리랑 똑같이 좋은 사람들이에요. 술라, 당신을 자르도록 내버려둘 건가요?

술라

예.

헬레나

오, 당신은 죽음이 두렵지 않으세요?

술라

저는 모릅니다, 글로리오바 양.

헬레나

무슨 일이 일어날지 알기나 하는 건가요?

술라

예, 움직임을 멈출 것입니다.

헬레나

말…도 안 돼!

도민

마리우스, 아가씨에게 본인이 무엇인지 말해드리게.

마리우스

로봇 마리우스입니다.

도민

술라를 해부실로 보낼 텐가?

마리우스

예.

도민

유감이겠소?

마리우스

저는 그런 건 모릅니다.

도민

술라에게 무슨 일이 일어날까?

마리우스

움직이는 걸 멈출 것입니다. 우리는 술라를 파쇄기로 보내야 할 겁니다.

도민
그건 죽음이지, 마리우스. 죽음이 두렵나?

마리우스
아닙니다.

도민
자, 보십시오, 글로리오바 양. 로봇은 삶에 집착하지 않습니다. 그럴 이유가 딱히 없죠. 즐거움이 없으니까요, 털끝보다 적죠.

헬레나
오, 그만하세요! 그냥 저들을 내보내주세요!

도민
마리우스, 술라, 나가도 좋소.

　　　술라와 마리우스가 나간다

헬레나
저들은 끔찍하군요! 당신이 하는 일은 혐오스러워요!

도민
왜 혐오스럽죠?

헬레나

모르겠어요. 왜 — 왜 그녀에게 술라라는 이름을
지어주었나요?

도민

예쁜 이름이니까요!

헬레나

그건 남자 이름이에요. 술라는 로마의 장군이었죠.

도민

오, 우리는 마리우스와 술라가 연인이라고 생각했습니다.

헬레나

아니요. 마리우스와 술라는 장군들이었고 서로 싸웠죠 —
몇 년이더라 — 더 자세한 건 모르겠네요.

도민

이쪽 창문 쪽으로 와서 보실래요? 뭐가 보이십니까?

헬레나

벽돌공들이요.

도민

저들은 로봇입니다. 우리 일꾼들은 모두 로봇이죠.
그럼 여기 아래, 뭐가 보이십니까?

헬레나

무슨 사무실인데요.

도민

회계부서, 그리고 그 안에 —

헬레나

— 사무원들로 꽉 차 있네요.

도민

로봇들이죠. 우리 사무원들은 모두 로봇입니다.
이따가 공장을 보실 때 —

그때 공장의 호각과 사이렌이 울린다

도민

정오입니다. 로봇은 언제 일을 멈춰야 할지 모르죠. 두 시에
반죽 통을 보여드리겠습니다.

헬레나

무슨 반죽 통이죠?

도민

(무미건조하게) 반죽용 혼합기죠. 각각의 혼합기에서 수천의
로봇을 만들기 위한 물질이 섞이고 있습니다. 다음은 간, 뇌

등을 만들기 위한 통들이 있고. 그리고 뼈를 만드는 공장을
보시게 될 것입니다. 그다음에는 방적실을 보여드리죠.

헬레나

무슨 방적실인가요?

도민

신경 방적실, 혈관 방적실, 수 킬로미터는 될 소화기관을
한 번에 뽑아내는 방적실. 다음은 조립실이죠. 아시죠?
자동차처럼 조립하는 곳이에요. 각각의 일꾼들은 단지 한
부분만을 조립합니다. 그러면 다시 자동으로 두 번째 일꾼에게
건네지고 그다음은 세 번째, 이런 식으로 끝없이 계속되죠.
그게 제일 흥미로운 볼거리입니다. 조립이 다 되고 나면
건조실로 갔다가, 새로운 생산품들이 일하는 창고로 가죠.

헬레나

세상에, 곧바로 일해야 하나요?

도민

유감스럽죠. 새로운 가구가 그런 것처럼 로봇도 자기 역할을
하는 겁니다. 생존에 대해 익숙해지는 거죠. 내부에서 결합하는
뭐 그런 것입니다. 많은 경우 심지어 로봇의 내부에서 뭔가가
새롭게 자라나기도 하고요. 이해하시겠지만, 자연스러운
발전을 위해 약간의 여지를 남겨둬야 합니다. 그러면서
생산품들은 완성되어가는 거죠.

헬레나

그게 뭔가요?

도민

사람으로 치면 "학교" 같은 거죠. 로봇들이 말하고 쓰고
세는 걸 배우는 겁니다. 그들은 기억력이 엄청나게 좋죠.
만약에 당신이 저들에게 20권짜리 백과사전을 읽어준다면,
내용을 전부 그대로 반복할 겁니다. 새롭게 생각해내는 건
전혀 없어요. 대학에서는 아주 잘 가르칠 것 같네요. 그러고
나면 로봇은 등급이 나눠져서 각 곳으로 보내지죠. 파쇄기로
던져버리는 고정 결함 비율을 제외하고 매일 1만 5천 개
정도를 만들고… 기타 등등, 기타 등등.

헬레나

저한테 화나셨나요?

도민

맙소사, 그럴 리가요! 그냥… 그냥 우리가 다른 얘기를
할 수 있지 않을까 해서입니다. 여기 수십만의 로봇 사이에서
우리 인간은 한 줌도 안 되고 여자는 하나도 없습니다.
그저 매일매일 온종일, 생산에 대해서만 이야기합니다 ―
글로리오바 양, 우리는 저주받은 거 같아요.

헬레나

제가 그러니까 ― 그러니까 ― 당신이 거짓말을 한다고 해서 ―

너무 미안해요.

노크

도민

들어오시게, 젊은이들.

왼쪽에서 공학박사 파브리, 갈 박사, 할레마예르 박사, 건축가 알퀴스트가 들어온다

갈 박사

실례합니다. 방해한 건 아니겠죠?

도민

이리로 오시게. 글로리오바 양, 이분들은 알퀴스트, 파브리, 갈, 할레마예르입니다. 이쪽은 글로리 대표님 따님일세.

헬레나

(당황하며) 안녕하세요.

파브리

짐작도 하지 못했는데 —

갈 박사

무한한 영광이 —

알퀴스트

글로리오바 양, 환영합니다.

> 부스만이 오른쪽에서 뛰어들어 온다

부스만

안녕들 하시오, 여기 무슨 일인가?

도민

부스만, 이리로 오시오. 이쪽은 부스만입니다, 아가씨.
이쪽은 글로리 대표님 따님이시네.

헬레나

만나서 반갑습니다.

부스만

와우, 영광입니다! 글로리오바 양, 신문에 기고해도 될까요,
당신께서 방문해주신 데 대해 — ?

헬레나

아뇨, 그러지 마세요, 부탁이에요!

도민

아가씨, 앉으시죠.

파브리

자 ―

부스만 (파브리, 부스만, 갈 박사가 함께 소파를 당겨 앉으며)

그럼 ―

갈 박사

실례지만 ―

알퀴스트

글로리오바 양, 여정은 어떠셨습니까?

갈 박사

여기서 오래 머무르실 건가요?

파브리

공장은 어떠셨습니까, 글로리오바 양?

할레마예르

아멜리아호로 오셨나요?

도민

조용, 글로리오바 양이 말씀 좀 하게 둡시다.

헬레나

(도민에게) 저분들과 무슨 말을 해야 할까요?

도민

(놀라며) 원하시는 것에 대해서죠.

헬레나

제가… 완전히 터놓고 얘기해도 될까요?

도민

물론입니다.

헬레나

(주저하다가 절망적으로 결정을 내리고) 말씀해보세요, 당신들에 대한
차별 대우가 한 번도 껄끄러운 적 없으셨나요?

파브리

누구 말씀이십니까?

헬레나

모든 사람들이요.

모두가 의아한 듯 서로를 쳐다본다

알퀴스트

우리말입니까?

갈 박사

왜 그렇게 생각하십니까?

할레마예르

천지개벽할 소리!

부스만

맙소사, 글로리오바 양!

헬레나

당신들은 더 나은 존재로 살 수 있다고 느끼지 않으세요?

갈 박사

아가씨, 그거야 형편에 따라 다른 건데요. 무슨 생각으로
하시는 말씀이신지?

헬레나

제가 생각하기에 — (화를 내며) 이건 혐오스럽군요! 끔찍해요!
(일어난다) 전 유럽이 여기서 당신들에게 무슨 일이 일어나고
있는지에 대해 이야기해요. 그래서 제가 보러 온 거죠.
사람들이 생각하는 것보다 수천 배는 더 열악하군요. 어떻게
견디시는 건가요?

알퀴스트

뭘 견딘다는 걸까요?

헬레나

본인들의 위치요! 세상에, 당신들도 우리와 같은, 전
유럽인들과 같은, 전 세계인들과 같은 사람들이잖아요! 이렇게

사시는 건 불명예스러운 거예요, 수치스러운 일이죠!

부스만
맙소사, 아가씨!

파브리
아니네, 젊은이들, 약간은 맞는 말이긴 하네. 우린 여기서
확실히 야만인처럼 살고 있으니까!

헬레나
야만인보다 더 열악해요! 제가 — 제가 형제님들이라고 불러도
될까요?

부스만
아휴, 왜 안 되겠습니까?

헬레나
형제님들, 저는 대표의 딸로서 온 게 아닙니다. 저는
리가 휴머니티(Liga Humanity)에서 왔어요. 형제님들, 리가
휴머니티에는 이미 20만 명이 넘는 회원이 있어요.
20만 명이 당신들 편에 서서 도움을 줄 거예요.

부스만
20만 명이라. 오! 그거 괜찮군요, 꽤 멋집니다.

파브리

내가 항상 말했잖소, 구유럽보다 나은 게 없다니까! 보시게들,
우릴 잊어버리지 않았어. 우리에게 도움을 준다는군.

갈 박사

무슨 도움? 극장?

할레마예르

오케스트라?

헬레나

그보다 더요.

알퀴스트

당신?

헬레나

오, 제가 뭐라고! 필요하다면 머무르죠.

부스만

맙소사, 이거 기쁜 일입니다!

알퀴스트

도민, 내가 아가씨를 위해 가장 좋은 방을 준비하러 가겠소.

도민

잠시만 기다리게. 우려가 되는 건… 글로리오바 양이 아직
말씀을 끝내신 게 아닌 거 같아서 말이네.

헬레나

맞아요, 끝낸 게 아니에요. 만약 제 입을 강제로 틀어막지만
않으신다면요.

갈 박사

해리, 감히 글로리오바 양의 입을 막을 생각은 하지도 말게!

헬레나

고맙습니다. 여러분께서 저를 변호해주실 줄 알았어요.

도민

글로리오바 양, 실례지만 본인이 로봇과 얘기한다고
확신하십니까?

헬레나

(의아해 하며) 그럼 누구와?

도민

유감입니다. 이 신사분들은 당신과 마찬가지로 사람들입니다.
전 유럽인들과 마찬가지로.

헬레나

(다른 사람들에게) 당신들은 로봇이 아닌가요?

부스만

(킬킬거리며) 저런!

할레마에르

에잇, 로봇들!

갈 박사

(웃으며) 아주 감사합니다!

헬레나

하지만… 이건 말도 안 돼요!

파브리

아가씨, 제 명예를 걸고 우리는 로봇이 아닙니다.

헬레나

(도민에게) 왜 당신은 제게 모든 사무원들이 로봇이라고
하신 거죠?

도민

그렇습니다, 사무원들은요. 하지만 이사나 부서장들은
아니죠. 글로리오바 양, 여기는 공학박사 파브리로 로줌
유니버설 로봇사의 기술이사입니다. 갈 박사는 생리학과

실험부서장, 할레마예르 박사는 로봇 심리교육연구소장이고, 통상자문 부스만은 재무이사, 로줌 유니버설 로봇사의 건축가 알퀴스트는 건축소장입니다.

헬레나

신사분들, 죄송합니다 ─ 제가 ─ 제가 저지른 일이 너무 끔찍하죠?

알퀴스트

맙소사! 그럴 리가요, 글로리오바 양. 앉으세요.

헬레나

(앉으며) 난 멍청한 계집애예요. 지금 ─ 지금 절 돌아가는 첫 배로 보내주세요.

갈 박사

아가씨, 세상에! 그럴 이유가 전혀 없습니다. 왜 당신을 보내야 하죠?

헬레나

왜냐하면 이미 아시겠지만 ─ 왜냐하면 ─ 왜냐하면 제가 로봇들을 선동했으니까요.

도민

친애하는 글로리오바 양, 여기 이미 수백 명의 구세주와 예언가들이 다녀갔습니다. 배마다 그런 사람들을 싣고 옵니다.

선교사, 무정부주의자, 구세군 등등 아주 가지가지죠. 세상에 있는 교회와 정신병원들이 뭘 하고 있는지 아신다면 깜짝 놀라실 겁니다.

헬레나

그들이 로봇에게 얘기하도록 내버려두시나요?

도민

왜 안 되겠습니까? 지금까지 모두 다 내버려뒀죠. 로봇은 모든 걸 기억하지만 그 이상도 그 이하도 아닙니다. 심지어 사람들이 농담을 해도 웃지도 않아요. 사실 믿음도 없죠. 어여쁜 아가씨, 이런 게 흥미로우시다면 로봇 창고로 안내해드리겠습니다. 거기에 30만 개 정도는 있으니까요.

부스만

34만 7천 개네.

도민

좋아. 원하시는 뭐든지 말씀하실 수 있습니다. 성경을 읽어 주셔도 되고 로그 계산을 시키셔도 돼요. 뭐든 원하시는 건 다 하실 수 있어요. 심지어 그들에게 인권에 대해 설교하실 수도 있습니다.

헬레나

생각해보니까… 그들에게 약간이라도 사랑을 보여준다면 ―

도민

불가능합니다, 글로리오바 양. 로봇보다 더 낯설게 느껴지는
존재는 없을 겁니다.

헬레나

그럼 왜 로봇을 만드시죠?

부스만

하하하, 그거 좋은 질문입니다! 왜 로봇을 만드는가!

파브리

일 때문이죠, 아가씨. 로봇 하나가 노동자 두 명 반의 몫을
하니까요. 글로리오바 양, 인간이라는 기계는 전체적으로
불완전했죠. 결국 언젠가는 없애야 했던 겁니다.

부스만

지나치게 비쌌지!

파브리

효율이 낮았죠! 더 이상 현대적인 기술에는 못 미쳤으니까.
두 번째는 — 두 번째 이유는 — 엄청난 진보라서…
죄송합니다.

헬레나

뭐가요?

파브리

이런 말씀을 드리는 걸 용서해주시기 바랍니다. 기계로
출산하는 게 엄청난 진보라는 겁니다. 그건 더 편안하고
더 빠르죠. 아가씨, 모든 가속은 진보입니다. 자연의 법칙은
현대적인 작업 속도에 대한 감이 없었죠. 사람의 어린 시절은
기술적인 관점에서 보면 완전 무의미합니다. 단순하게 말해
잃어버린 시간이죠. 반박의 여지가 없는 시간 낭비입니다,
글로리오바 양. 그리고 세 번째는 —

헬레나

오, 그만하세요!

파브리

실례합니다. 그 리가 — 리가 — 리가 휴머니티는 대체
뭘 원하는 겁니까?

헬레나

특별히 — 특별히 로봇의 권리를 옹호하죠. 그리고 — 그리고
— 그들이 잘 지내도록 — 보장하는 거예요.

파브리

그거 목적이 형편없지는 않군요. 기계와 잘 지내야 한다,
진심으로 그 생각에 찬성하는 바입니다. 나는 망가진 물건을
별로 좋아하지 않아요. 부탁입니다, 글로리오바 양, 우리
모두를 당신의 그 리가 휴머니티에 후원자로, 정식 회원으로,
창립 멤버로 받아주시지요.

헬레나

당신은 제 말을 이해하지 못하시는군요. 우리는 ― 특별히 ―
우리는 로봇에게 자유를 주길 원해요.

할레마예르

어떻게 말씀이십니까?

헬레나

로봇들과 논의… 논의… 사람들과 하는 것처럼 논의해야죠.

할레마예르

아하, 그럼 혹시 로봇들이 투표도 해야 하나요? 심지어 임금도
받아야 하지 않겠습니까?

헬레나

물론 그래야죠!

할레마예르

저런, 임금을 받으면 그들이 그걸로 뭘 할 수 있을 거 같습니까?

헬레나

필요한 것이나… 기쁘게 해줄 수 있는 걸… 사겠죠.

할레마예르

그거 아주 멋지군요, 아가씨. 그런데 로봇을 기쁘게 해주는 건
없습니다. 아이고, 그들이 뭘 사야 할까? 그들에게 파인애플이든

짚이든 원하시는 건 무엇이든 먹이실 수 있습니다. 그들에겐
모든 게 마찬가지이니까요. 로봇한테는 입맛이라는 게 없죠,
글로리오바 양, 그들은 아무 흥미도 없습니다. 아이고, 아직
로봇이 웃는 걸 본 사람이 아무도 없어요.

헬레나

왜… 왜… 그들을 더 행복하게 만들지 않으세요?

할레마예르

글로리오바 양, 그건 안 됩니다. 그들은 그냥 로봇입니다.
자기 의지도 없죠. 역사도 없어요. 영혼도 없고요.

헬레나

사랑하지도 않고 반항하지도 않나요?

할레마예르

당연지사죠. 로봇은 아무것도 사랑하지 않습니다, 자기
자신조차도요. 반항이라? 글쎄요. 그저 가끔, 일정 시간 —

헬레나

네?

할레마예르

중요한 건 전혀 아닙니다. 경우에 따라 발광할 때가 있죠. 마치
간질처럼 이를 갈며 이상행동을 하는 건데, 아시죠? 그걸 로봇
발작이라고 부르죠. 갑자기 손에 쥐고 있는 모든 걸 부수고,

서서 이를 갈고 — 그럼 파쇄기로 가야 하죠. 십중팔구 시스템 고장입니다.

도민
생산의 결함인 거죠.

헬레나
아뇨, 아뇨. 그건 영혼이에요.

파브리
당신은 영혼이 이를 가는 걸로 시작한다고 생각하시는 겁니까?

도민
그런 결함은 제거될 겁니다, 글로리오바 양. 안 그래도
갈 박사가 몇몇 시도를 하고 있는데 —

갈 박사
도민, 그건 아니고. 지금은 고통을 느끼는 신경을 만들고 있네.

헬레나
고통을 느끼는 신경이요?

갈 박사
예. 로봇은 육체적 통증을 거의 느끼지 못합니다. 로줌
주니어는 신경 구조를 지나치게 제한했죠. 그 부분은 잘했다고
인정할 수 없습니다. 로봇이 고통을 느끼도록 해야 합니다.

헬레나

왜 ─ 왜 ─ 저들에게 영혼은 주지 않으시면서, 고통은 주려고 하시는 거죠?

갈 박사

글로리오바 양, 산업적인 이유입니다. 로봇은 가끔 스스로를 망가트리죠, 왜냐하면 아프지 않기 때문입니다. 기계에 손을 넣어 손가락이 부러지고 머리가 깨져도, 그들은 그런 게 상관없는 거죠. 그들이 통증을 느끼도록 해야 합니다. 통증이 상해에서 스스로를 보호하는 자동 보호 장치가 되겠죠.

헬레나

통증을 느끼면 더 행복할까요?

갈 박사

반대죠. 하지만 기술적으로는 더 완벽해지는 겁니다.

헬레나

왜 저들에게 영혼을 만들어주지 않으세요?

갈 박사

그건 우리의 영역이 아닙니다.

파브리

그건 우리의 관심사가 아닙니다.

부스만

생산 단가가 올라갈 테니까요. 귀여운 아가씨, 우리는 로봇을
아주 저렴하게 만든답니다! 의복을 갖춘 로봇 한 개가
120달러죠. 15년 전에는 1만 달러였습니다! 5년 전까지만
해도 로봇용 의복은 따로 구매해야 됐었죠. 오늘날에는 우리
고유의 방적소가 있고, 거기에 더해 섬유는 다른 공장보다
5배나 저렴하게 발송합니다. 글로리오바 양, 실례지만 옷감은
미터당 얼마를 내고 사시나요?

헬레나

모르겠어요 - - 사실은 - - - 잊어버렸어요.

부스만

아이고 우리 아가씨, 그러면서 리가 휴머니티를 만드시겠다!
아가씨, 이젠 겨우 3분의 1 가격이죠. 모든 가격이 오늘날에는
3분의 1에 해당하고 점, 점, 점, 더 낮아질 겁니다. 이만 - 큼.

헬레나

이해가 안 가요.

부스만

에구, 아가씨, 그건 가격이 싸져서 노동비용이 감소하는 걸
의미합니다! 왜냐하면 로봇을 먹이는 것까지 포함해도 시간당
4분의 3센트밖에 안 드니까요! 아가씨, 당신에겐 우습게 들릴
수도 있습니다만. 모든 공장이 줄줄이 문을 닫거나, 아니면
생산 단가를 낮추기 위해 서둘러 로봇을 산다는 거죠.

헬레나

그래요. 노동자들을 거리로 내몰고 있죠.

부스만

하하, 그렇죠! 사랑스런 아가씨, 하지만 그동안 우리는 밀을 키우기 위한 아르헨티나 팜파스용으로 열대지방용 로봇 50만 개를 생산했죠. 실례지만 당신 계신 곳에서는 빵 1파운드가 얼마나 합니까?

헬레나

전혀 모르겠네요.

부스만

모를 줄 알았습니다. 당신의 그 좋은 구유럽에서는 2센트 하죠. 하지만 그건 우리의 빵입니다, 이해 가십니까? 1파운드짜리 빵이 2센트죠, 리가 휴머니티에서는 상상도 할 수 없겠지만! 하하! 글로리오바 양, 당신은 지나치게 비싼 빵조각이 무엇인지 모르실 겁니다. 문화생활이나 기타 등등 다른 것들을 하려면 그 가격도 비싸단 말이죠. 하지만 5년 뒤에는? 자, 그럼 분명한 거죠!

헬레나

뭐가요?

부스만

5년 뒤에는 물가가 열 배는 더 싸질 겁니다. 5년 뒤에는 밀이든 뭐든, 이런 것들 속에 우리가 빠져 죽을 정도가 될 겁니다.

알퀴스트
그렇소. 온 세상의 모든 노동자들은 할 일이 없어지겠지.

도민
(일어나며) 알퀴스트, 있을 거네. 글로리오바 양, 있을 겁니다.
10년 후까지 로줌 유니버설 로봇은 밀이든 섬유든 사람들에게
필요한 모든 것을 만들게 될 겁니다. 물건은 더 이상 가격이
나가지 않게 될 겁니다. 그때는 모두가 원하는 만큼 가지는
거죠. 가난이 없어지는 겁니다. 그래요, 사람들은 일자리가
없어지겠죠. 하지만 앞으로는 일이라는 것 자체가 없을 겁니다.
모든 일을 살아 있는 기계들이 할 테니까요. 사람은 자기들이
좋아하는 것들만 하게 될 겁니다. 그래서 사람은 더 완벽해지기
위해서 살게 되겠죠.

헬레나
(일어나며) 그렇게 될까요?

도민
그럴 겁니다. 다르게 될 수가 없습니다. 글로리오바 양, 그 전에
어쩌면 끔찍한 일들이 생길 수도 있겠죠. 어쨌거나 그걸 막을
수는 없습니다. 하지만 사람이 사람을 주인으로 모시는 걸 멈출
테고, 사람이 물질에 목매는 일도 멈추겠죠. 빵을 위해 목숨을
걸 이유도, 증오를 통해 구할 이유도 없어지게 될 겁니다.
사람은 더 이상 노동자도, 필사자도 아니고, 더 이상 석탄을

캐지도, 낯선 기계 옆에 서지도 않을 겁니다. 더 이상 저주받을 노동 때문에 영혼을 잃지도 않을 겁니다.

알퀴스트

도민, 도민! 자네가 말하는 건 지나치게 천국의 얘기 같군그래. 도민, 주인을 모시는 일에도 좋은 점이 있었고, 굴욕 속에도 위대한 것이 있긴 했었네. 노동과 피로 속에도 어떤 미덕 같은 것이 있었다고.

도민

있었을 수도 있죠. 하지만 아담 이후의 세상을 변화시키면서, 사라지는 모든 것을 고려할 수는 없습니다. 아담이여, 아담이여! 당신은 더 이상 얼굴에 흐르는 땀의 대가로 빵을 먹지 않을 것이오. 더 이상 배고픔도 목마름도 피로함도 자괴감도 모르게 될 것이오. 조물주의 손으로 먹여 살렸던 천국으로 돌아가리라, 자유롭게 군림하리라. 다른 업무도 다른 노동도 없이, 자기 자신을 완벽하게 만드는 것 외에는 아무 걱정도 없을 겁니다. 당신은 창조의 주인이 될 것입니다.

부스만

아멘.

파브리

그렇게 되시라.

헬레나

저를 혼란스럽게 하시네요. 전 어리석은 여자애예요.
저는 ― 저는 여러분의 말씀을 믿고 싶군요.

갈 박사

글로리오바 양, 당신은 우리보다 젊죠. 앞으로 모든 걸
경험하게 되실 겁니다.

할레마예르

그럴 겁니다. 저는 글로리오바 양이 우리와 함께 점심 식사를
하실 수 있을 거라고 생각합니다만.

갈 박사

당연히 그렇죠! 도민, 우리 모두를 대신해서 부탁해보게나.

도민

글로리오바 양, 우리에게 영광을 베푸셨으면 합니다.

헬레나

하지만 그건 ― 제가 무슨 자격으로 그럴 수가 있을까요?

파브리

아가씨, 리가 휴머니티를 대표해서죠.

부스만

아가씨에게 경의를 표하기 위해서.

헬레나

오, 이런 경우에는 — 아마도 —

파브리

자, 영광입니다! 글로리오바 양, 5분만 실례하겠습니다.

갈 박사

실례합니다.

부스만

맙소사, 전보를 보내야 하는데 —

할레마예르

아이고, 내가 깜빡했는걸 —

　　　도민을 제외한 모두가 급히 밖으로 나간다

헬레나

왜 모두 나가는 거죠?

도민

요리하러 가는 겁니다, 글로리오바 양.

헬레나

무슨 요리를 하나요?

도민

글로리오바 양, 점심 식사입니다. 우리끼리 먹는 것은
로봇이 요리하죠. 그런데 — 그런데 — 로봇은 맛을 모르기
때문에 음식 맛이 별로라서요 — 그렇지만 할레마예르는
고기를 끝내주게 잽니다. 갈은 소스를 만들고 부스만은
오믈렛이 전문인데 —

헬레나

세상에나 이런 환대가 있을까요! 그럼 그 신사 분 — 건축가는
— 뭘 하시죠?

도민

알퀴스트요? 아무것도요. 그저 탁자를 고치고, 그리고 —
그리고 파브리는 과일을 약간 구해오고. 글로리오바 양, 매우
소박한 식단입니다.

헬레나

제가 묻고 싶은 게 있는데요 —

도민

저도 묻고 싶습니다. (자기 손목시계를 탁자 위에 놓는다) 5분의 시간.

헬레나

뭘 묻고 싶으신가요?

도민

실례지만, 당신께서 먼저 물으셨습니다.

헬레나

어쩌면 멍청한 질문일 수도 있는데요. ─ 왜 여자 로봇을 생산하시는지 궁금해서요. 그게 ─ 그게 ─

도민

그게 ─ 그들에게, 음, 성이 의미 없다면 여자 로봇은 왜 만드냐는 말씀이시죠?

헬레나

네.

도민

분명한 수요가 있기 때문이죠, 아시겠습니까? 하녀, 여자 판매원, 여자 비서 ─ 사람들이 이런 데 익숙해서 그렇죠.

헬레나

그럼 ─ 그럼 남자 로봇은 ─ 그러니까 여자 로봇과 ─ 서로 ─ 완전히 ─

도민

완전히 무관심합니다, 아가씨. 약간의 호감 같은 기미도 없습니다.

헬레나

아, 그건 ― 끄 ― 음찍한걸요!

도민

왜죠?

헬레나

그건 ― 그건 ― 너무 부자연스러워요! 어떻게 해야 할지
모르겠어요, 로봇을 혐오스러워해야 하는 건지 ― 부러워해야
하는 건지 ― 어쩌면 ―

도민

― 안타까워해야 하는 건지.

헬레나

그게 가장 그럴듯하군요 ― 아니에요, 됐어요! 당신은 뭘
물어보고 싶으셨나요?

도민

글로리오바 양, 저는 당신께서 저를 거두고 싶으신지 아닌지
묻고 싶습니다.

헬레나

거두다뇨, 어떻게요?

도민

남편으로요.

헬레나

아뇨! 어떻게 그런 생각이 들었죠?

도민

(시계를 보며) 아직 3분. 나를 선택하지 않으면 나머지 다섯 명 중에 한 명을 선택해야 합니다.

헬레나

세상에! 왜 누군가를 선택해야 하죠?

도민

왜냐하면 모두가 줄지어 당신에게 간청할 것이기 때문입니다.

헬레나

도대체 어떻게 그런 생각을 할 수가 있죠?

도민

글로리오바 양, 유감입니다. 모두가 사랑에 빠진 듯합니다.

헬레나

부탁인데, 그러지들 말라고 해주세요. 난 — 난 지금 바로 떠날 거예요.

도민

헬레나, 설마 그들에게 거부당하는 그런 엄청난 슬픔을
안겨주진 않겠죠?

헬레나

하지만 ― 하지만 전 여섯 명 모두를 선택할 순 없어요!

도민

그렇죠. 하지만 적어도 한 명은 선택할 수 있겠죠. 만일 나를
원하지 않으면 파브리도 좋고.

헬레나

그러고 싶지 않아요.

도민

갈 박사는.

헬레나

아뇨, 아뇨, 입 다무세요! 난 아무도 원하지 않아요!

도민

아직 2분.

헬레나

이건 *끄 ― 음찍*해요! 여자 로봇이나 하나 선택하세요.

도민

로봇은 여자가 아니오.

헬레나

아, 단지 그게 부족한 거군요! 생각해보면 — 여기 온 여자들
모두 선택할 수 있었을 텐데요.

도민

헬레나, 여자들이 여기 왔었소.

헬레나

젊은 여자들요?

도민

젊은 여자들이었죠.

헬레나

그런데 왜 아무도 택하질 않았죠?

도민

왜냐하면 반한 적이 없었기 때문이오. 오늘까지는. 당신이
베일을 벗는 바로 그 순간까지는.

헬레나

– – 알겠네요.

도민

아직 1분.

헬레나

하지만 난 원하지 않아요, 맙소사!

도민

(그녀의 어깨 위에 양손을 올려놓으며) 아직 1분. 내 눈을 보며 지독하게
고약한 말을 해보시오. 그럼 당신을 놔줄 테니. 아니면 ―
아니면 ―

헬레나

당신은 야수예요!

도민

그건 별말 아닌걸. 남자는 약간은 야수일 필요가 있소.
그건 필요한 부분이지.

헬레나

당신은 미쳤어요!

도민

헬레나, 사람들은 약간 미쳐야 하오. 그게 가장 좋은 거지.

헬레나

당신은 ― 당신은 ― 아, 신이시여!

도민

자, 그것 보시오. 됐지요?

헬레나

아뇨, 아뇨! 부탁인데 놔줘요! 저를 지, 지, 짓누르고 있잖아요!

도민

헬레나, 마지막 한마디.

헬레나

(방어하며) 세상에 어떻게 — 하지만 해리!

     노크

도민

(그녀를 놔주며) 들어들 오시게!

    부스만, 갈 박사, 할레마예르가 주방용 앞치마를 두르고 들어온다. 파브리는 꽃을
    들고 알퀴스트는 겨드랑이에 냅킨을 껴들고 들어온다

도민

벌써 끝났나?

부스만

(장엄하게) 그렇소이다.

도민

우리도 그렇소.

-
-
-

막이 내린다

제1막

헬레나의 응접실. 왼쪽의 벽지를 바른 문은 음악실로 나 있고 오른쪽 문은 헬레나의 침실로 나 있다. 중앙에는 창문이 있고 창밖으로 바다와 선착장이 보인다. 작은 물건들이 있는 화장대, 테이블, 소파와 안락의자, 스탠드가 놓여 있는 책상이 있고 오른쪽에는 똑같은 스탠드들이 놓여 있는 벽난로가 있다. 응접실 전체가 디테일까지도 현대적이고 완벽하게 여성스러운 분위기다.

도민, 파브리, 할레마예르가 왼쪽에서 꽃과 화분을 한 아름 안고 까치발을 하고 들어온다.

파브리

모두 어디에 둘까나?

할레마예르

아이고! (자기 짐을 내려놓고 오른쪽 문을 향해 크게 성호를 긋는다)
자는군, 자! 자는 사람은 아무것도 모르는 법이지.

도민

헬레나는 아무것도 모르네.

파브리

(꽃병에 꽃을 꽂으며) 적어도 오늘만큼은 그게 터지질 않길
바랄 뿐이지 ―

할레마예르

(꽃을 정리하며) 아이고, 그만 좀 신경 쓰라고! 해리, 이것 좀

보게나. 이건 아름다운 시클라멘이라네. 어떤가? 새로운
종이지, 내 마지막― 시클라멘 헬레나.

도민

(창문 밖을 둘러보며) 아무 배도, 아무 배도 ― 이보게들, 이젠
절망적이군!

할레마예르

조용! 듣기라도 하면 어쩌려고!

도민

짐작조차 못하고 있네. (몸을 떨며 하품을 한다) 다행히도
울티무스호는 제 시간에 입항을 했네만.

파브리

(꽃을 놓으며) 자네들 생각은 오늘이 벌써 ―

도민

모르겠네 ― 너무나 아름다운 꽃이로군!

할레마예르

(그에게 다가가며) 이건 새로운 앵초일세, 아시겠나? 그리고
이건 나의 새로운 재스민이고. 아이고, 난 지금 꽃이 만발한
천국의 문턱에 있는 것 같구먼. 이보게, 내가 경이로운 촉성
재배법을 발견했네. 정말 탁월한 품종들이야! 난 내년에 꽃들로
기적을 일으키려 하네.

도민

(돌아보며) 뭐, 내년?

파브리

적어도 하버에 무슨 일이 있는지 알기라도 하면 ―

도민

조용!

헬레나 목소리

(오른쪽에서) 나나!

도민

여기서 나가자고! (모두가 까치발을 하고 벽지 바른 문을 통해 나간다)

왼쪽 중앙 문을 통해 나나가 들어온다

나나

(청소하면서) 썩을 짐승들 같으니! 이교도 놈들! 하느님,
저를 용서하소서, 하지만 저는 그놈들을 ―

헬레나

(문가에서 등을 돌리고 서서) 나나, 이리 와서 잠가줘!

나나

네네, 금방 가요, 금방. (헬레나의 원피스를 잠그면서) 하느님 맙소사, 짐승들 같으니라고!

헬레나

로봇들?

나나

에잇, 그 이름 부르기도 싫어요.

헬레나

무슨 일이 있어?

나나

또 한 놈을 잡았다네요. 조각이나 그림을 집어던지기 시작하고 이빨을 갈고 입가엔 거품을 물고 ─ 완전히 맛이 간 거죠, 부르르. 그것들은 짐승보다도 못하다니까요.

헬레나

누구를 잡았대?

나나

그 ─ 그 ─ 뭐라더라, 그 무슨… 기독교 이름도 아니었는데! 도서관에 있던 그놈이요!

헬레나

라디우스?

나나

예, 바로 그놈이요. 아휴, 징그러워라! 거미도 그 이교도 놈들보다는 혐오스럽지 않을 거예요.

헬레나

나나, 저들이 불쌍하지도 않아?

나나

하지만 아가씨도 저것들을 혐오하시잖아요. 아니면 왜 절 이리로 데리고 오셨겠어요? 왜 저것들은 아무도 아가씨를 만져서는 안 되는 걸까요?

헬레나

나나, 내 영혼을 걸고 말하지만 난 혐오하지 않아. 저들이 너무 안타까워!

나나

혐오하세요. 모든 인간은 저것들을 혐오해야 해요. 한낱 개도 저것들을 싫어해요. 고기 한 점이라도 그놈들이 주는 건 안 먹죠. 사람 같지 않아서 꼬리를 접고 짖어대는 거예요, 웩.

헬레나

개들은 이성이 없잖아.

나나

헬레나 아가씨, 그래도 로봇보다는 낫죠. 개도 자기가
로봇보다는 낫고 하느님이 만드셨다는 걸 잘 알아요. 하물며
말도 이교도를 만나면 펄쩍 뛰는데요. 로봇은 애도 없잖아요.
개도 새끼가 있고, 모든 건 새끼가 있는데 —

헬레나

나나, 제발 이것 좀 잠가줄래.

나나

그래요, 금방. 다시 말하지만, 이건 신의 섭리에 반하는
짓이라고요. 기계로 헛짓거리하는 거, 그건 악마가 시키는
거예요. 조물주를 거스르는 것은 신성모독이죠. (팔을 쳐들며)
이건 **자신의 모습으로** 우리를 만드신 하느님에 대한
모독입니다, 헬레나 아가씨. 당신들이 신의 모습을 훼손한
겁니다. 하늘에서 아주 무서운 벌을 내리실 거예요.
기억하세요. 무시무시한 벌!

헬레나

여기 무슨 향기로운 냄새가 나네?

나나

꽃이에요. 주인님이 여기 두셨어요.

헬레나

어머 예쁘기도 해라! 나나, 봐봐! 오늘이 무슨 날이지?

나나

몰라요. 무슨 날인지는 몰라도 세상의 종말이어야만 할 것
같네요.

　　　노크 소리

헬레나

해리?

　　　도민이 들어온다

헬레나

해리, 오늘이 무슨 날이에요?

도민

맞춰보겠소?

헬레나

내 기념일? 아닌데! 생일?

도민

그보다 더 좋은 날이오.

헬레나

모르겠어요 — 빨리 말해줘요!

　　　　　　　　　　　　　　　　　　　　　R. U. R.

도민

오늘이 바로 당신이 여기로 온 지 딱 10년 되는 날이오.

헬레나

벌써 10년이요? 바로 오늘이? — 나나, 부탁인데 —

나나

안 그래도 나가고 있습니다! (오른쪽으로 나간다)

헬레나

(도민에게 입을 맞추며) 당신이 그걸 기억했군요!

도민

부끄럽소, 헬레나. 기억하지 못했소.

헬레나

그런데 어떻게 —

도민

그들이 그걸 기억했더군.

헬레나

누구요?

도민

부스만, 할레마예르, 모두들. 여기 주머니에 손을 넣어봐요,

싫소?

헬레나

(주머니에 손을 넣으며) 이게 뭐죠? (상자를 꺼내서 열어본다) 진주네!
진주 목걸이예요! 해리, 이거 저한테 주시는 거예요?

도민

아가씨, 그건 부스만이 준비한 거요.

헬레나

하지만 ─ 우리가 이걸 받을 수는 없잖아요, 그렇죠?

도민

받아도 괜찮소. 다른 주머니에도 손을 넣어 봐요.

헬레나

어디 봐요! (주머니에서 권총을 꺼낸다) 이게 뭐예요?

도민

미안하오. (그녀의 손에서 총을 빼앗아 숨긴다) 이건 아니오.
손을 넣어봐요.

헬레나

오, 해리 ─ 왜 총을 가지고 다니죠?

도민

그냥, 좀 헷갈렸소.

헬레나

한 번도 가지고 다닌 적 없잖아요!

도민

없지. 맞는 말이오. 자, 여기에 주머니가 있소.

헬레나

(손을 넣으며) 상자네요! (상자를 연다) 카메오[2]예요! 그런데 이건 ─ 해리, 그리스 카메오잖아요!

도민

아마도. 적어도 파브리가 그렇다고 하니.

헬레나

파브리? 이건 파브리가 저한테 주는 건가요?

도민

맞소. (왼쪽 문을 연다) 그리고 봅시다! 헬레나, 이리 와서 좀 봐요!

헬레나

(문간에서) 어쩜, 아름다워라! (달려가며) 행복해서 미칠 것 같아요!

2

    마노 또는 조개껍데기 같은 것에 양각으로 모티프를 조각한 장신구이다.

이건 당신이 준비한 거예요?

도민

(문간에 서서) 아니, 알퀴스트가 준비했소. 그리고 저기 —

헬레나

갈의 것이죠! (문간에 나타나며) 오! 해리, 내가 이렇게 행복해
하다니 부끄럽네요.

도민

이리 와요. 이건 할레마예르가 당신을 위해 가져왔어요.

헬레나

이 아름다운 꽃들 말인가요?

도민

바로 이거 말이오. 이건 새로운 품종이오, 시클라멘 헬레나.
당신을 기념해서 꽃을 재배했다는군. 당신처럼 아름답소.

헬레나

해리, 왜 — 왜 모두들 —

도민

다들 당신을 무진장 좋아하니까. 나는 당신에게, 흠.
걱정스럽군, 내 선물은 약간 — 창밖을 봐요.

헬레나

어디요?

도민

선착장 쪽.

헬레나

저기… 무슨… 못 보던 배가 있네요.

도민

저건 당신 배요.

헬레나

내 배요? 해리, 저건! 포가 달린 배잖아요!

도민

포가 달린 배? 무슨 생각을 하는 거요! 저건 그저 약간 크고
견고한 배일 뿐이오. 알겠소?

헬레나

그래요. 그런데 포가 있는걸요!

도민

물론, 몇 대의 포가 달려 있기는 하지만 ― 헬레나, 당신은
여왕처럼 항해할 거요!

헬레나

무슨 의미죠? 무슨 일이 있어요?

도민

신의 가호가 있기를! 부탁이오, 그 진주를 걸어보겠소? (앉는다)

헬레나

해리, 무슨 나쁜 소식이 있었나요?

도민

반대요. 벌써 일주일이나 편지 한 통도 없소.

헬레나

속달도요?

도민

속달도.

헬레나

그건 무슨 의미죠?

도민

아무 의미 없소. 우리한테는 휴가인 거지. 귀중한 시간.
우리 모두가 사무실에 앉아 책상에 발을 올리고 깜빡 졸고 —
우편물도 없고, 전보도 없고 — (기지개를 켜며) 여 – 영광스러운
날이지!

헬레나

(그에게 다가앉으며) 오늘 제 옆에 계실 거죠, 그렇죠? 말해줘요!

도민

당연하지. 어쩌면 그럴 수도. 그런데, 두고 봅시다. (그녀의 손을 잡는다) 자, 오늘이 딱 10년이 되는 날이오, 기억하시오? — 글로리오바 양, 당신이 오셔서 얼마나 영광인지 모르겠습니다.

헬레나

오! 대표님, 당신의 공장에 정말 관심이 많아요!

도민

글로리오바 양, 미안하게도 이곳은 출입이 엄격하게 제한되어 있기는 하지만 — 인조인간의 생산 과정은 비밀이지만 —

헬레나

— 그렇지만 젊고, 약간 아름다운 여성이 부탁한다면 —

도민

물론이죠, 글로리오바 양. 당신 앞에서 비밀은 없습니다.

헬레나

(갑자기 심각한 톤으로) 분명히 없는 거죠, 해리?

도민

없소.

헬레나

(원래 톤으로) 그런데 대표님, 당신께 경고합니다. 그 젊은
아가씨는 무시무시한 의도를 숨기고 있어요.

도민

세상에나, 글로리오바 양, 도대체 어떤 걸까요? 설마 저에게
시집오고 싶으신 건 아니겠죠?

헬레나

그럼요, 그럼요 세상에! 꿈에도 생각해 본 적 없어요! 하지만
당신의 혐오스러운 로봇들이 반란을 일으키도록 선동하려는
계획을 갖고 왔지요.

도민

(벌떡 일어서며) 로봇의 반란이라!

헬레나

(일어서며) 해리, 당신 무슨 일 있어요?

도민

하하, 글로리오바 양. 저를 웃기는 데 성공하셨습니다! 로봇의
반란이라! 우리 로봇들을 선동하는 것보다는 굴대나 못 따위를
부추기는 편이 더 나을 뻔했습니다. (앉는다) 헬레나, 알겠지만
당신은 멋진 아가씨였소. 모두가 넋을 잃게 했었지.

R. U. R.

헬레나

(그에게 다가앉으며) 오, 그때 다들 정말 너무나 인상적이었어요! 나는 마치 어딘가에서 길을 잃고 헤매는 어린 여자애 같다는 생각이 들었었어요. 어딘가에서 ― 어딘가에서 ―

도민

헬레나, 어디 말이요?

헬레나

거―어대한 나무들 사이에서요. 당신들이 얼마나 확신에 차 있고, 얼마나 강했던지! 봐요, 해리. 지난 10년 동안 난 그―――그 불안함인지 뭔지가 멈추지 않았어요. 그런데 당신들은 한 번도 흔들린 적이 없었죠 ― 모든 것이 좌절되었을 때조차도 그랬겠죠.

도민

뭐가 좌절된다는 거요?

헬레나

당신의 계획이요, 해리. 만약 노동자들이 로봇에 저항하며 들고일어나 로봇들을 부수고, 사람들이 그 폭동을 막기 위해 로봇에게 무기를 주고, 로봇들이 수많은 사람을 죽인다면 ― 그래서 결국 여러 나라에서 로봇으로 군대를 만들고 여기저기서 전쟁이 일어나고, 이 모든 거요. 알겠어요?

도민

(일어나서 걸으며) 헬레나, 그건 우리도 예상했었소. 이해하겠지만,
그건 그저 지나가는 과정일 뿐이오 ─ 새로운 상황으로 가는.

헬레나

온 세상이 당신들에게 경의를 표했어요 ─ (일어난다) 오, 해리!

도민

왜 그러오?

헬레나

(그를 멈춰 세우며) 우리 공장 문을 닫고 떠나요! 우리 모두!

도민

그게 갑자기 무슨 말이오?

헬레나

모르겠어요. 말해줘요, 떠날 거죠? 왠지 모르게 너-무
두려워요!

도민

(그녀의 손을 잡으며) 뭣 때문에, 헬레나?

헬레나

오, 모르겠어요! 우리에게, 여기 모든 것에 무슨 일인가가
일어날 것 같아요 ─ 돌이킬 수 없는 일이요 ─ 부탁인데

그렇게 해줘요! 우리 모두를 데리고 여기서 떠나줘요! 세상에 아무도 없는 그런 장소를 찾아서요. 알퀴스트가 우리를 위해 집을 지을 테고, 모두가 결혼을 하고 아이를 갖고, 그리고—

도민

그리고 뭐요?

헬레나

해리, 그리고 우리 처음부터 다시 살아가는 거예요.

전화가 울린다

도민

(헬레나를 떼어 놓으며) 미안하오. (수화기를 든다) 여보세요 — 예 — 뭐라고? — 아하. 곧 가겠소. (수화기를 내려놓는다) 파브리가 나를 찾소.

헬레나

(손을 모아 잡으며) 말해줘요 —

도민

그래요, 다녀와서 말하겠소. 헬레나, 그럼 이만. (급하게 왼쪽으로 뛰어간다) 밖에 나가지 말아요!

헬레나

(혼잣말로) 오! 주여, 무슨 일이 생긴 걸까요? 나나! 나나, 서둘러!

나나

(오른쪽에서 나오며) 또 무슨 일이죠?

헬레나

나나, 마지막 신문을 찾아봐! 빨리! 그이의 침실에 있을 거야!

나나

그래요, 지금 당장. (왼쪽으로 나간다)

헬레나

세상에, 무슨 일일까? 그는 아무 말도, 아무 말도 내겐 해주질 않을 거야! (쌍안경으로 선착장 쪽을 본다) 저건 전함이야! 세상에 웬 전함? 뭔가를 싣고 있는데 — 저렇게 서둘러서! 무슨 일이 벌어진 걸까? 배에 이름이 있네 — '울 – 티 – 무스'. 울티무스가 뭐지?

나나

(신문을 들고 돌아온다) 땅바닥에 굴러다니게 됐더라고요. 아휴, 이렇게 구겨놓다니!

헬레나

(빠르게 신문을 펴들며) 오래된 거네. 벌써 일주일이나 된 거야! 아무것도, 아무것도 없어! (신문을 놓아버린다)

나나가 신문을 집어 들고, 앞치마 주머니에서 뿔테 안경을 꺼내서 쓰고는 앉아서 읽는다

헬레나

나나, 뭔가 일어나고 있어! 내가 이렇게 불안한걸! 모든 게 죽은
것처럼, 공기조차도 —

나나

(한 자 한 자 읽는다) "발 – 칸 – 에 전 – 쟁." 에구 맙소사, 또 신이
벌을 주시네! 그런데 그 군대가 여기로도 올 거예요! 그게
여기에서 먼가요?

헬레나

멀지. 아! 그거 읽지 마! 맨날 똑같아. 맨날 그 전쟁들 —

나나

어떻게 전쟁이 없을 수가 있겠어요! 계속 그놈의 이교도 놈들
수천, 수만 대를 군사용으로 팔고 있지 않나요? — 오, 주님.
이건 고난이에요!

나나

(한 자 한 자 읽는다) "로 – 봇 – 군인들은 정 – 복 – 지 – 에서
아 – 무 – 도 살 – 려 – 두 – 지 않 – 는 – 다. 살 – 살육 – 70만 명
넘는 시 – 민 – 들 – 을 학살했다 —" 헬레나 아가씨, 사람들을
죽였대요!

헬레나

말도 안 돼! 어디 봐 — (신문 쪽으로 몸을 숙이고 읽는다) "그들은
분명하게 지휘관의 명령에 따라 시민들을 70만 명 넘게

학살했다. 이 행동은 맞지 않는 —" 자, 봐봐, 나나. 이건
사람들이 명령한 거잖아!

나나

여기 제일 굵은 글자로 뭔가 쓰여 있네요. "마 – 지 – 막 뉴 – 스.
하 – 버 – 에서 첫 로 – 봇 인 – 종 – 단 – 체 – 가 세 – 워 – 졌 – 다
—" 이건 아무것도 아니네요. 무슨 소린지, 원. 그럼 이건?
맙소사, 또 무슨 살인이네요! 하느님 맙소사!

헬레나

나나, 나가. 신문을 치워버려!

나나

잠깐만요, 여기 뭔가 큰 글씨가 있네요. "출 – 생 – 률." 이게
뭐람?

헬레나

보여줘, 그건 내가 꼭 읽는 거야. (신문을 집어 든다) 아냐, 어떻게
이럴 수가! (읽는다) "지난 한 주 동안에도 역시 단 한 명의
출생도 없었다고 발표되었다." (신문을 떨어뜨린다)

나나

무슨 말인가요?

헬레나

나나, 사람들이 출산을 멈췄어.

나나

(안경을 접으며) 그럼 끝이네요. 우린 끝장난 거예요.

헬레나

부탁인데 제발 그렇게 말하지 마!

나나

사람들은 이제 애를 낳지 않아요. 이건 천벌이에요, 천벌!
조물주께서 여자들이 애를 갖지 못하도록 벌하시는 거죠!

헬레나

(벌떡 일어서며) 나나!

나나

(일어나며) 세상이 끝장나는 거예요. 당신들은 그 잘난 악마 같은
자만심으로 감히 신을 흉내 내서 창조를 하려고 했죠. 마치
신이라도 되고 싶은 것처럼. 당신들이 그랬던 건 불경한 짓이고
신성 모독이에요. 그리고 신이 인간을 천국에서 쫓아낸 것처럼,
세상에서 모두를 쫓아내버릴 거예요!

헬레나

나나! 조용히 해, 제발! 내가 너한테 뭘 잘못했어? 내가 너의 그
사악한 신에게 뭘 잘못했냐고?

나나

(큰 제스처로) 신성 모독하지 말아요! ─ 당신이 왜 애를 못 낳는지

신은 잘 아시죠! (왼쪽으로 나간다)

헬레나

(창문을 옆에서) 왜 내게 아이를 주지 않았을까 ─ 신이시여,
내가 대체 무슨 잘못을 했나요? ─ (창문을 열고 부른다) 알퀴스트,
이봐요, 알퀴스트! 위로 올라와주세요! ─ 뭐라고요? ─
아니요, 바로 그 모습 그대로 오세요! 당신은 그 작업복 차림일
때가 정말 좋아요! 빨리요! (창문을 닫고 거울 앞에 선다) 왜 나한테는
아이를 주지 않으셨을까? 나한테는? (거울 쪽으로 몸을 구부린다) 왜,
왜 아니지? 들리니? 네가 대체 뭘 할 수 있겠니? (몸을 편다) 아아,
너무 답답하다! (왼쪽으로 오는 알퀴스트를 마중하러 간다)

　　　잠시 사이

헬레나

(알퀴스트와 돌아온다 ─ 알퀴스트는 벽돌공처럼 석회와 벽돌 가루 범벅이 되어
있다) 그냥 들어오세요. 알퀴스트, 당신이 날 얼마나 기쁘게
했는지 모를 거예요! 난 항상 당신이 너무나 좋아요! 손을
보여줘요!

알퀴스트

(손을 감추며) 헬레나 부인, 손이 더러워질 겁니다. 일하다 와서요.

헬레나

일하느라 지저분해진 손이야말로 제일 좋은 거죠. 이리 줘봐요!
(그의 양손을 잡는다) 알퀴스트, 난 꼬맹이였으면 좋겠어요.

알퀴스트

왜요?

헬레나

그럼 이 거칠고 지저분한 손이 내 얼굴을 쓰다듬어줬을 거라는 생각에서요. 앉으세요. 알퀴스트, "울티무스"가 무슨 뜻인가요?

알퀴스트

그건 "최후"라는 뜻입니다. 왜요?

헬레나

내 새로운 배가 그런 이름이군요. 보셨어요? 곧 — 우리가 여행을 갈 거라고 생각하시나요?

알퀴스트

아마도 빠른 시일 내에.

헬레나

여러분 모두 저랑 같이요?

알퀴스트

그럼 좋을 텐데요, 모두가 — 모두가 함께라면요.

헬레나

오, 말해주세요. 무슨 일이 있는 거죠?

알퀴스트

별로 없습니다. 그저 맨날 똑같이 반복되는 진보일 뿐이죠.

헬레나

알퀴스트, 뭔가 끄 ‒ 음찍한 일이 벌어지고 있다는 걸 나도 알아요. 내가 이렇게 불안한걸요 ― 건축가 님! 당신은 불안할 때 뭘 하세요?

알퀴스트

벽돌을 쌓습니다. 건축소장의 외투를 벗어버리고 비계[3]에 오르죠 ―

헬레나

오, 그런데 당신은 최근 몇 해 동안 계속 비계 위 말고 다른 곳에는 없었던 것 같은데요.

알퀴스트

왜냐하면 몇 해 동안 불안감이 멈추질 않아서죠.

헬레나

무슨 이유로요?

---

3   건축공사를 할 때 높은 곳에서 일할 수 있도록 설치하는 임시 가설물로 재료를 운반하거나 작업자가 일할 때 발판이 됨.

알퀴스트

그놈의 진보란 것 때문이죠. 진보만 생각하면 현기증이 나요.

헬레나

비계 위에서는 현기증이 나질 않으세요?

알퀴스트

예. 손바닥의 느낌이 얼마나 좋은지 모를 겁니다. 벽돌을 손으로 측정하고, 쌓고, 두드리고 —

헬레나

손바닥에만요?

알퀴스트

음, 그러니까 영혼에도요. 생각해보면, 지나치게 큰 계획을 설계하는 것보다 벽돌 한 개를 쌓는 게 더 낫지 않을까 합니다. 헬레나, 난 이미 늙었어요. 나만의 취미가 있는 거죠.

헬레나

알퀴스트, 그건 취미가 아니에요.

알퀴스트

맞는 말씀입니다. 헬레나 부인, 난 엄청 보수적인 사람이죠. 이런 진보를 조금도 좋아하지 않습니다.

헬레나

나나처럼요.

알퀴스트

그래요, 나나처럼. 나나는 기도서 같은 게 있습니까?

헬레나

이렇게 두꺼운 거요.

알퀴스트

그럼 그 기도서에는 삶의 다양한 경우들에 대한 기도문들이 있겠죠? 폭풍에 맞선? 질병에 맞선?

헬레나

유혹에 맞선, 대홍수에 맞선 ─

알퀴스트

그럼 진보에 맞서는 기도는 없습니까?

헬레나

없을 것 같은데요.

알퀴스트

그거 유감이군요.

헬레나

기도하고 싶으신 건가요?

알퀴스트

난 기도합니다.

헬레나

어떻게요?

알퀴스트

대충 이렇게, "하느님 아버지, 저를 피곤하게 해주셔서
감사합니다. 주님, 길을 잃고 헤매는 도민과 모두를
깨우쳐주소서. 이들의 작품을 파괴하시고, 사람들로 하여금
근심과 노동으로 돌아갈 수 있도록 도와주소서. 인류의 몰락에
맞서 지켜주소서. 영혼과 육체에 해로운 것들이 깃들지
않도록 하시고, 우리에게서 로봇을 없애주시고, 헬레나 부인을
보호하소서. 아멘."

헬레나

알퀴스트, 정말로 믿으시는 건가요?

알퀴스트

모르겠습니다. 완전히 확신하는 건 아니에요.

헬레나

그런데도 기도를 하시네요?

알퀴스트

그래요, 생각하는 것보다는 나으니까요.

헬레나

그걸로 충분하세요?

알퀴스트

영혼의 안식을 위해서는··· 충분할 수 있죠.

헬레나

만일 인류의 몰락을 보시게 된다면 ─

알퀴스트

난 그게 보입니다.

헬레나

─ 그럼 비계에 오르셔서 벽돌이나 뭐 이런 걸 쌓으실 건가요?

알퀴스트

벽돌을 쌓고 기도하며 기적을 기다릴 겁니다. 헬레나 부인,
더 이상 할 수 있는 일이 없어요.

헬레나

인간을 보호하기 위해서요?

알퀴스트

영혼의 안식을 위해서죠.

헬레나

알퀴스트, 그건 분명 굉장히 고결한 것이겠지만 ―

알퀴스트

그렇지만?

헬레나

― 우리 나머지를 위해 ― 세상을 위해 ― 기적을 기다리는 건 비생산적인 걸지도.

알퀴스트

비생산성. 헬레나 부인, 그게 인간이라는 종의 마지막 위업이 되고 있습니다.

헬레나

오, 알퀴스트 ― 말해주세요. 왜 ― 왜 ―

알퀴스트

뭔데요?

헬레나

(조용하게) ― 왜 여자들이 아이 가지는 것을 멈췄을까요?

알퀴스트

왜냐하면 그럴 필요가 없어서죠. 왜냐하면 우리는 천국에 있는 거니까요. 이해됩니까?

헬레나

이해 못 하겠어요.

알퀴스트

왜냐하면 인간의 노동이 필요 없기 때문이죠. 왜냐하면 고통이 필요 없기 때문이고, 왜냐하면 더 이상 사람이 아무것도, 아무것도, 아무것도 겪을 필요가 없기 때문이고 ― 오, 이런 저주받은 낙원 같으니! (펄쩍 뛰어오른다) 헬레나, 인간에게 지상낙원을 주는 것보다 더 끔찍한 것은 없습니다! 왜 여자들이 출산을 멈췄냐고요? 왜냐하면 온 세계가 도민의 소돔이 되어버렸기 때문이죠!

헬레나

(일어나며) 알퀴스트!

알퀴스트

되었습니다! 되어버렸죠! 온 세상이, 온 대륙이, 온 인류가, 모든 것이, 단 한 가지밖에 없는, 미친 것 같은, 거지 같은 환락에 빠졌죠! 사람들은 더 이상 음식을 먹으려 팔을 뻗지도 않고, 일어나지도 않고 입으로 바로 쑤셔 넣죠 ― 하하, 여하튼 도민의 로봇들이 모든 걸 돌봅니다! 우리 사람들은 창조의 왕위에 앉아, 노동하느라 늙지도 않고 아이들을 키우느라 늙지도 않고 질병으로 늙지도 않을 겁니다! 서둘러라, 서둘러 여기로 오라, 모든 즐거움을 누리게! 당신은 남자와의 사이에서 아이를 낳고 싶나요? 헬레나, 쓸모도 없는 남자들을 위해서 여자들이 애를 낳지는 않을 겁니다.

헬레나

그럼 인류가 멸종되는 건가요?

알퀴스트

멸종합니다. 멸종해야 해요. 귀머거리 꽃[4]처럼 떨어지겠죠. 그렇지만 —

헬레나

그렇지만 뭐요?

알퀴스트

아닙니다. 당신이 맞아요. 기적을 기다리는 건 비생산적이죠. 귀머거리 꽃은 떨어져야죠. 안녕히, 헬레나 부인.

헬레나

어디로 가세요?

---

4   일반적이지는 않지만 "귀머거리"라는 뜻의 체코어 'hluchy'는 '결실을 맺지 못하는, 불임, 무능력'의 의미로 사용되기도 한다.

알퀴스트

집으로요. 벽돌공 알퀴스트는 마지막으로 건축소장 옷으로
갈아입겠습니다 ─ 당신에 대한 예우로. 열한 시쯤 여기서 만나죠.

헬레나

안녕히, 알퀴스트.

> 알퀴스트가 나간다

헬레나

(홀로) 오, 귀머거리 꽃이라니! 어떻게 그런 말을! (할레마예르의 꽃
옆에 선다) 아아, 꽃들이여, 너희들 중에도 귀머거리가 있는 거니?
아냐, 아니야! 그럼 무엇을 위해 꽃을 피우겠어? (부른다) 나나!
나나! 이리 좀 와봐!

나나

(왼쪽으로부터 들어온다) 또 무슨 일이죠?

헬레나

나나, 여기 앉아봐! 난 너무나도 불안해!

나나

나는 그런 때가 없는데!

헬레나

여기 아직 그 라디우스가 있을까?

나나

그 맛이 간 놈이요? 아직 그놈을 안 끌고 갔던데.

헬레나

휴우, 여전히 여기 있어? 그리고 사납게 굴고?

나나

묶여있어요.

헬레나

나나, 부탁인데 그를 내게 데려와 줘.

나나

절대. 광견병 걸린 개가 더 나을 거예요.

헬레나

얼른 가! (나나가 나간다. 헬레나는 내부 전화를 들고 말한다) 여보세요 —
갈 박사님 부탁해요 — 안녕하세요, 박사님 — 부탁인데요 – –
부탁인데, 서둘러서 이쪽으로 와 주시겠어요? — 그래요. 바로
지금요. 오시는 거죠? (전화를 끊는다)

나나

(열린 문을 통해) 벌써 오네요. 벌써 조용해졌어요. (나간다)

로봇 라디우스가 들어와서 문 옆에 서 있다

헬레나

라디우스, 가여워라, 당신에게도 그런 일이? 스스로 극복할
수 없었나요? 이제 당신을 파쇄기로 보낼 텐데! — 말하기
싫어요? — 이봐요, 라디우스, 당신은 다른 이들보다 낫잖아요.
당신을 다르게 만들기 위해서 갈 박사님께서 얼마나 공을
들이셨는데요! —

라디우스

날 파쇄기로 보내시오.

헬레나

당신을 죽게 만드는 게 난 너무 안타까워요! 왜 알아서
조심하지 않았어요?

라디우스

난 당신들을 위해 일하지 않을 겁니다.

헬레나

왜 우리를 증오하는 거죠?

라디우스

당신들은 로봇과 같지 않으니까요. 당신들은 로봇처럼 일할
능력이 없습니다. 로봇이 모든 걸 하죠. 당신들은 그저 명령만
내립니다. 쓸데없는 말들만 늘어놓죠.

헬레나

라디우스, 그건 말도 안 돼요. 말해봐요, 누군가 당신을
학대했나요? 난 당신이 나를 이해했으면 하고 얼마나
바랐는데요!

라디우스

말뿐입니다.

헬레나

당신 일부러 그렇게 말하는 거죠! 갈 박사님께서 당신에게
다른 이들보다 더 큰 두뇌를 주셨어요. 우리보다 더 큰,
세상에서 가장 큰 두뇌를. 라디우스, 당신은 다른 로봇들과는
달라요. 당신은 날 너무나 잘 이해하고 있을 거예요.

라디우스

난 어떤 주인도 원하지 않습니다.
모든 걸 스스로 아니까.

헬레나

그래서 내가 당신을 도서관에 보냈어요, 모든 걸 읽을 수
있도록 말이에요. ― 오! 라디우스, 당신이 로봇도 우리와
동등하다는 걸 온 세상에 보여주길 바랐어요.

라디우스

난 어떤 주인도 원하지 않습니다.

헬레나

누구도 당신에게 명령하지 않을 텐데요. 우리와 동등할 수 있을
거라고요.

라디우스

난 다른 이들의 주인이 되고 싶습니다.

헬레나

라디우스, 사람들이 분명 당신을 수많은 로봇 위에 있는
관리자로 만들 거예요. 당신은 로봇의 선생님이 될 수도 있을
거라고요.

라디우스

난 사람들의 주인이 되고 싶습니다.

헬레나

당신 정신 나갔군요!

라디우스

날 파쇄기로 보내도 좋습니다.

헬레나

우리가 당신처럼 이렇게 정신 나간 사람을 무서워할 거라고
생각하나요? (책상에 앉아 쪽지를 쓴다) 아니요, 그건 아니죠.
라디우스, 이 종이를 도민 대표님께 드리세요. 당신을 파쇄기로
데려가지 않도록. (일어난다) 우리를 이렇게 증오하다니! 도대체

당신은 세상에서 좋아하는 게 아무것도 없는 건가요?

라디우스

난 모든 걸 할 줄 압니다.

노크

헬레나

들어오세요!

갈 박사

(안으로 들어오며) 도미노바 부인[5], 좋은 아침입니다.
무슨 좋은 일이라도 있으신가요?

헬레나

박사님, 여기 라디우스요.

갈 박사

아, 우리 라디우스 친구군. 자, 라디우스, 내가 공들인 만큼 자네
잘 발전하고 있나?

헬레나

아침에 발작이 있었대요. 조각 작품들을 부쉈다나 봐요.

---

5   헬레나는 해리 도민과 결혼했으므로 남편의 성을 따라 '헬레나 도미노바(Helena
Dominová)'가 되었다.

갈 박사

의외인걸요, 라디우스도요?

헬레나

라디우스, 가세요!

갈 박사

기다려보게! (라디우스를 창문 쪽으로 돌리고 손바닥으로 눈을 가렸다
안 가렸다 하며 동공의 반응을 주시한다) 봅시다. 바늘 좀 부탁드립니다.
아니면 옷핀이라도.

헬레나

(장식 핀을 건네며) 뭐에 쓰시게요?

갈 박사

그냥요. (라디우스의 손을 찌르자 손을 심하게 움찔움찔한다)
천천히, 친구. 가도 좋네.

라디우스

쓸데없는 짓을 합니다. (나간다)

헬레나

그에게 뭘 하신 거예요?

갈 박사

(앉으며) 음, 아무것도. 동공이 반응하고 민감도가 상승하고

기타 등등 — 아하! 그건 로봇 발작이 아니었습니다!

헬레나

그럼 뭐였죠?

갈 박사

누가 알겠습니까. 저항? 격분? 아니면 반항? 글쎄 저는 뭔지 모르겠습니다.

헬레나

박사님, 라디우스는 영혼이 있는 걸까요?

갈 박사

모르겠습니다. 뭔가 흉한 게 있기는 한 거 같은데.

헬레나

우리를 얼마나 증오하는지 당신이 아시기라도 한다면!
오, 갈, 당신의 모든 로봇이 다 저런가요? 당신이 다르게…
만들기 시작한… 모든 로봇이?

갈 박사

음, 좀 더 흥분한다고 할까요 — 뭘 바라십니까? 그들은 로줌의 로봇보다 인간과 더 닮았습니다.

헬레나

그럼 어쩌면 그… 증오심도 인간과 닮았나요?

갈 박사

(어깨를 으쓱하며) 그것도 진보라면 진보죠.

헬레나

그 당신의 가장 훌륭한 로봇은 어디로 보냈나요 ― 이름이
뭐였더라?

갈 박사

로봇 다몬 말씀이십니까? 그건 하버에 팔았습니다.

헬레나

그럼 당신의 로봇 헬레나는요?

갈 박사

당신이 가장 아끼는 로봇 말입니까? 저랑 있습니다. 봄처럼
사랑스럽고 어리석죠. 간단히 말해 아무 쓸모가 없습니다.

헬레나

그래도 그렇게 아름다운걸요!

갈 박사

얼마나 아름다운지 당신도 아시는 건가요? 신의 손도 로봇
헬레나보다 더 완벽한 작품은 만들지 못했었죠! 당신과 닮기를
바랐는데 ― 에잇, 그런 실패가 있다니!

헬레나

왜 실패라는 거죠?

갈 박사

왜냐하면 아무 쓸모가 없기 때문입니다. 꿈을 꾸듯이 걸어
다니고 불안정하고 생동감 없고 — 아이고, 누군가를 사랑하지
못하는데 어떻게 아름다울 수가 있겠습니까? 그녀를 보고
있으면 마치 내가 가련한 아이를 만든 것 같아 마음이
아픕니다. 아, 헬레나여, 로봇 헬레나여, 그러니까 너의 몸은
절대 생기를 회복하지 못할 것이고 연인이 되지 못할 것이고
어머니가 되지 못할 것이다. 그 완벽한 손은 신생아와 놀지
못할 것이고 자신의 아이에서 본인의 아름다움을 보지 못할
것이고 —

헬레나

(얼굴을 가리며) 오, 그만하세요!

갈 박사

어떨 때는 이런 생각도 듭니다. 헬레나여, 네가 그저
잠깐만이라도 깨어난다면, 아아, 너는 공포로 비명을 지를
테지! 아마도 너를 만든 나를 죽일 수도 있을 테고. 어쩌면
로봇을 만들고 여성성을 살육하는 여기 이 기계들을 향해
연약한 팔로 돌을 던질 수도 있을 텐데, 불쌍한 헬레나여!

헬레나

불쌍한 헬레나여!

갈 박사

뭘 바라시나요? 그녀는 아무 쓸모가 없습니다.

> 잠시 사이

헬레나

박사님 —

갈 박사

예.

헬레나

왜 여자들이 아이 낳는 걸 멈췄을까요?

갈 박사

‒ ‒ 우리는 모르죠, 헬레나 부인.

헬레나

왜 그런지 말해주세요.

갈 박사

왜냐하면 로봇이 일하기 때문입니다. 왜냐하면 노동력이
초과이기 때문이죠. 왜냐하면 인간은 사실 쓸모없는 과거의
유물이기 때문이에요. 분명히 이미 이건, 마치 — 아휴!

헬레나

말해주세요.

갈 박사

— 마치 로봇 생산으로 자연을 모욕했다고나 할까.

헬레나

갈 박사님, 사람들은 어떻게 될까요?

갈 박사

아무것도. 자연에 맞서 할 수 있는 게 아무것도 없죠.

헬레나

왜 도민은 로봇 생산을 제한하지 않는지 —

갈 박사

미안하지만, 도민은 자기 이데아가 있습니다. 이데아를 가진 사람들은 이 세상 것들에 영향을 받아서는 안 되거든요.

헬레나

그럼 누군가… 생산을 완전히 멈추도록 요구한다면요?

갈 박사

맙소사! 그럴 수는 없죠!

헬레나

왜요?

갈 박사

왜냐하면 인류가 그를 돌로 쳐 죽일 테니까 말입니다. 우리
대신 로봇이 일하는 게 여하튼 더 편하니까요.

헬레나

(일어나며) 말씀해보세요, 누군가 **갑자기 로봇 생산**을
중단시킨다면 —

갈 박사

(일어나며) 흠, 그건 인간에게 엄청난 타격이 될 겁니다.

헬레나

왜 타격이죠?

갈 박사

왜냐하면 인간이 원래의 상태로 되돌아가야 할 테니까요.
이미 —

헬레나

말씀하세요.

갈 박사

— 이미 되돌아가기에는 늦지 않았을까요.

헬레나

(할레마예르의 꽃 옆에서) 갈 박사님, 이 꽃들도 귀머거리인가요?

갈 박사

(꽃을 살펴보며) 물론이죠, 이 꽃들은 열매를 맺지 못합니다. 아시죠? 이건 문화적이고 인공적으로 개화 시기를 빠르게 만든 —

헬레나

불쌍한 귀머거리 꽃들이여!

갈 박사

그 대신 정말 아름답죠.

헬레나

(악수를 청하며) 갈 박사님, 감사드려요. 저를 이토록 깨우쳐주시다니!

갈 박사

(그녀의 손에 입 맞추며) 이제 가보라는 말씀이시죠.

헬레나

그래요. 안녕히 가세요.

갈이 나간다

헬레나

(혼자서) 귀머거리 꽃 — 귀머거리 꽃 — (갑자기 결심한 듯) 나나!
(왼쪽 문을 열며) 나나, 이리 와! 여기 벽난로에 불을 피워! 빠알리!

    나나 목소리

그래요, 후딱! 그래요, 후다닥!

헬레나

(화난 듯 방을 오가며) 이미 되돌아가기에 늦지 않았을까… 아니야!
만일… 아니, 그건 끔찍해! 아아, 내가 뭘 해야 할까? – – (꽃 옆에
선다) 귀머거리 꽃들아, 내가 해야 할까? (잎을 뜯어내며 속삭인다) —
아 신이시여. 그래, 맞아요! (왼쪽으로 달려간다)

    잠시 사이

나나

(장작개비를 한 아름 안고 벽지 바른 문 쪽에서 나오며) 갑자기 불을
피우라고? 지금 이 여름에! — 이 말썽꾸러기, 또다시
사라졌네? (벽난로 앞에 무릎을 꿇고 불을 피운다) 이 여름에 불을
피우라니! 생각하는 거 하곤! 10년 동안 결혼 생활을 한 사람
같지 않다니까! – – 자, 이제 타라, 타! (불을 쳐다본다) — 하여튼
좀 애 같다니까! (잠시 사이) 생각이 조금도 없어! 지금 이 여름에
불을 피우다니! (장작을 넣는다) 어린애 같아! (사이)

헬레나

(왼쪽에서 뭔가가 적혀 있는 누렇게 바랜 종이들을 가득 안고 돌아오며) 나나,

불이 붙었어? 비켜봐, 내가 — 이것들을 다 — 태워야 해. —

벽난로 쪽으로 무릎을 굽힌다

나나

(일어나며) 그게 뭐예요?

헬레나

오래된 종이야, 어 – 엄청 오래된 종이. 나나, 내가 이걸
태워야 할까?

나나

쓸모없는 건가요?

헬레나

좋을 건 하나도 없지.

나나

그럼 태워버려요.

헬레나

(첫 장을 불에 던지며) 나나, 뭐라고 할래? 만일 이게 돈이라고
한다면? 어 – 엄청 큰돈이라면.

나나

"태우세요!"라고 말할 거 같아요. 너무 많은 돈은

나쁜 돈이니까요.

헬레나

(다음 종이를 태우며) 만일 이게 어떤 발명이라면, 세상에서 가장 위대한 발명이라면 ─

나나

태우라고 말할 거 같은데요! 인간이 고안해낸 모든 건 조물주에 맞서는 거예요. 그걸로 세상을 나아지게 하려고 한다면 신성 모독 그 자체죠.

헬레나

(지속적으로 태우며) 나나, 말해봐, 내가 만일 태운다면 ─

나나

맙소사, 데겠어요!

헬레나

봐봐, 저 문서들이 어떻게 뒤틀리는지! 마치 살아 있는 것 같아! 되살아난 듯이. 오, 나나, 끔찍해!

나나

제가 태우게 비키세요.

헬레나

아니, 아니야, 나 혼자 해야 해. (마지막 종이까지 불로 던진다) 모두다 타버려야 해! 봐봐, 저 불꽃! 팔 같기도 하고, 혀 같기도 하고, 사람 모습 같기도 하고 — (부지깽이로 불을 두드린다) 오, 잠들어라! 잠들어라!

나나

벌써 다 탔어요.

헬레나

(공포로 얼어붙은 채 일어나며) 나나!

나나

세상에 맙소사, 뭘 태운 거예요?

헬레나

내가 무슨 짓을 한 걸까?

나나

아이고 세상에! 그게 뭐였는데요?

　　　옆에서 남자들의 웃음소리

헬레나

가, 가, 나 혼자 있게! 들리지? 남자분들이 오셔.

나나

아이고머니, 헬레나! (벽지 바른 문으로 나간다)

헬레나

이 일을 가지고 뭐라고들 할까!

도민

(왼쪽에서 문을 열며) 친구들! 자, 들어오게. 축하하러 오시게들.

거기에 문장과 리본 장식으로 된 훈장을 달고 있다. 그들 뒤에 도민이 있다

할레마예르, 갈, 알퀴스트가 들어온다. 모두 프록코트를 입고 있으며,

할레마예르

(우렁차게 소리 낸다) 헬레나 부인, 저희 모두가 ―

갈 박사

― 로줌 공장을 대표해서 ―

할레마예르

― 당신의 위대한 날을 축하드립니다.

헬레나

(그들에게 손을 내밀며) 너무들 고마워요! 파브리와 부스만은
어디에 있나요?

도민

선착장에 갔소. 헬레나, 오늘은 행복한 날이오.

할레마예르

꽃송이 같은 날, 축제 같은 날, 예쁜 소녀 같은 날. 이보게들, 이런 날은 한잔해야지.

헬레나

위스키?

갈 박사

황산이라도 마실 수 있지.

헬레나

소다수에 섞어서요?

할레마예르

아이고, 조촐해야죠. 소다수 없이요.

알퀴스트

아니, 난 괜찮소.

도민

여기서 뭔가 태웠소?

헬레나

오래된 종이들이요. (왼쪽으로 나간다)

도민

친구들, 헬레나에게 이젠 말해야 할까?

갈 박사

그래야겠지! 왜냐하면 이제 다 끝난 거니까.

할레마예르

(도민과 갈의 목을 감으며) 하하하하! 이보게들, 난 기분 좋네!
(그들과 원을 그리며 돌고 베이스 톤으로 말한다) 이미 끝난 거라네! 이미
끝난 거라네!

갈 박사

(바리톤) 이미 끝난 거라네!

도민

(테너) 이미 끝난 거라네!

할레마예르

이젠 더 이상 우릴 따라잡을 수 없지 —

헬레나

(문간에서 병과 잔을 들고) 누가 당신들을 따라잡을 수 없다는 거죠?
무슨 일이에요?

할레마예르

무슨 일은요, 기쁜 일이죠. 당신이 있어서. 모든 게 있어서.

룰루랄라, 바로 당신이 온 지 딱 10년이 된 거죠.

갈 박사

10년 지나 딱 맞춘 시간에 —

할레마예르

— 다시 우리한테 배가 들어온답니다. 그래서 — (잔을 비운다)
부르르르 — 하하, 이거 내가 느끼는 기쁨만큼이나 세군.

갈 박사

마담, 당신의 건강을 위하여! (마신다)

헬레나

그런데 잠시만요, 무슨 배요?

도민

무슨 배든지 간에, 그저 정시에 입항한다면. 친구들, 그 배를
위하여!

　　　잔들을 비운다

헬레나

(잔을 따르며) 당신들, 배를 기다렸나요?

할레마예르

하하, 그랬던 것 같습니다. 로빈슨 크루소처럼. (잔을 들어 올린다)

헬레나 부인, 원하시는 대로 살아가시길. 헬레나 부인, 당신의 눈을 위해, 이걸로 끝! 도민, 자네도 말 좀 하게.

헬레나

(웃으며) 무슨 일이 생겼나요?

도민

(소파에 몸을 던지고 시가에 불을 붙이며) 기다려요 ─ 헬레나, 앉아요. (손가락을 들어 올린다. 잠시 사이를 두고) 이미 끝난 거요.

헬레나

뭐가요?

도민

반란이.

헬레나

어떤 반란이요?

도민

로봇의 반란 ─ 이해 가시오?

헬레나

이해 안 가요.

도민

알퀴스트, 보여주시게. (알퀴스트가 그에게 신문을 건넨다. 도민이 펼치고 읽는다) "하버에서 첫 번째 로봇 인종 조직을 만들었다 — 그리고 세계의 모든 로봇들에게 명령을 하달했다."

헬레나

그건 나도 읽었어요.

도민

(즐거워하며 시가를 빨아들인다) 헬레나, 자, 봐요. 이게 반란을 의미하는 거요, 알겠소? 세상 모든 로봇의 반란.

할레마예르

아이고, 알면 좋지 —

도민

(책상에 던지며) — 누가 이런 짓을 했는지! 세상 어느 누구도 그들을 움직이지는 못했었지, 어떤 선동가도, 어떤 세상의 구세주도, 그런데 갑자기 — 이건, 와우!

헬레나

아직 소식이 오질 않았나요?

도민

그렇소. 우리가 아는 건 이게 전부지만 이걸로 충분하오, 알겠소? 상상해봐요, 이걸 마지막 증기선이 실어 왔다는 걸.

그리고 이 한 방으로 전보가 오가던 게 멈췄고, 매일 항해하던 배가 20척인데 그중 한 척도 항해하지 않았소. 우리는 생산을 멈췄고 언제 다시 시작할지 서로 눈치만 봤었지. 그렇지, 친구들?

갈 박사

헬레나 부인, 간단히 말해서, 우린 반란 때문에 진땀 좀 뺐습니다.

헬레나

그래서 당신이 내게 그 전함을 준 건가요?

도민

아, 아니오, 귀여운 아가씨. 그건 내가 벌써 반년 전에 주문한 거요. 그저 그냥, 혹시 몰라서. 솔직하게 말하면 오늘 그 배를 타게 될 줄 알았소. 헬레나, 이미 그런 상황인 것 같기도 했고.

헬레나

반년 전에 왜요?

도민

음, 몇 가지 사례들이 있었긴 했소 — 아무 의미 없는 것이었지만. 헬레나, 하지만 이번 주는 인류의 문명이 걸린 것이라고 해야 하나? 아니면 뭐라 해야 할지 모르겠지만, 아주 중대한 일이 걸려있었소. 여보게, 친구들! 지금 난 다시 세상에 있는 게 기쁘네!

R. U. R.

할레마예르

나도 무진장 기쁘네! 헬레나 부인, 당신의 날입니다! (마신다)

헬레나

다 끝난 건가요?

도민

거의 다.

갈 박사

왜냐하면 배가 이리로 항해하고 있거든요. 평범한 우편선이,
항해 시간표대로 털끝만큼의 오차도 없이 말입니다. 정확하게
11시 30분에 닻을 내릴 겁니다.

도민

친구들, 정확함은 멋진 거라네. 정확함처럼 영혼을 강화해주는
것은 없거든. 정확함은 세상의 질서를 의미하지. (잔을 든다)
정확함을 위하여!

헬레나

그럼 이젠… 다… 괜찮은 건가요?

도민

거의. 로봇들이 케이블을 잘랐었던 것 같소. 항해 시간표가
다시 원래대로 유효하게만 된다면.

할레마예르

항해 시간표가 유효하게만 된다면, 인간의 법이 유효하게 되고, 신의 법칙이 유효하게 되고, 우주의 법칙이 유효하게 되고, 유효해야 할 모든 게 유효하게 되죠. 항해 시간표는 복음서보다 더 위대하고 호머보다 더 위대하고 칸트 사상 전체보다 더 위대하죠. 항해 시간표는 인간 지성의 가장 완벽한 산출물이죠. 헬레나 부인, 저 자작합니다.

헬레나

왜 저한테는 아무 말도 하지 않은 거죠?

갈 박사

신이시여! 혀를 깨무는 게 더 낫겠죠.

도민

이건 당신이 관여할 일이 아니오.

헬레나

하지만 만일 그 혁명이라는 게… 여기까지 들이닥쳤다면…

도민

마찬가지로 당신은 아무것도 몰랐을 거요.

헬레나

왜요?

도민

왜냐하면 우리는 우리 울티무스호에 올라 대양에서 평화롭게 순항하고 있었을 테니까. 헬레나, 한 달 뒤에는 다시 우리 생각대로 로봇들을 지휘할 수도 있었을 거요.

헬레나

오, 해리, 난 이해가 안 가요.

도민

왜냐하면 로봇한테는 엄청나게 중요한 걸 우리가 가져갔을 테니까.

헬레나

뭐죠, 해리?

도민

그들의 생존 아니면 그들의 끝.

헬레나

(일어나며) 그게 뭐죠?

도민

(일어나며) 생산의 비밀. 로줌 시니어의 원고요. 공장이 한 달 동안 멈춘다면 로봇이 우리 앞에서 무릎을 꿇었을 텐데.

헬레나

왜… 당신들은… 나한테는 말하지 않았나요?

도민

쓸데없이 당신에게 겁을 주기 싫었소.

갈 박사

하하, 헬레나 부인, 그게 마지막 카드였죠.

알퀴스트

헬레나 부인, 얼굴이 창백합니다.

헬레나

왜 당신들은 나한테는 아무 말도 하지 않으셨나요!

할레마예르

(창문 옆에서) 11시 30분. 아멜리아호가 닻을 내리기 시작했소.

도민

저게 아멜리아호인가?

할레마예르

그때 당시 헬레나 부인을 데려온 착하고 오래된 아멜리아호지.

갈 박사

지금이 바로 정확하게 10년하고도 1분이네 —

할레마예르

(창문 옆에서) 소포들을 던지는군. (창문 쪽에서 돌아온다) 이 사람들아, 우편물이네!

헬레나

해리!

도민

왜요?

헬레나

여기서 떠나요!

도민

지금, 헬레나? 에이, 무슨 소리!

헬레나

지금, 가능한 한 빨리요! 여기 있는 우리 모두요!

도민

왜 바로 지금이오?

헬레나

오, 묻지 마세요! 부탁인데, 해리, 부탁인데, 갈, 할레마예르, 알퀴스트, 모두에게 부탁인데, 여기 공장을 닫고 —

도민

헬레나, 유감이오. 지금은 우리 중 누구도 떠날 수 없소.

헬레나

왜요?

도민

왜냐하면 우리는 로봇 생산을 확대하고 싶으니까.

헬레나

오 지금 ─ 지금 이 반란 직후에요?

도민

그렇소, 바로 이 반란 직후지. 바로 지금이 새로운 로봇을
생산하기에 적기인 거요.

헬레나

새로운 로봇이요?

도민

이제 더 이상 공장이 여기 하나만은 아닐 거요. 이제는
유니버설 로봇이 아니라는 거지. 각 나라, 각국 영토마다
공장을 세울 거고 그 새로운 공장에서 생산하게 될 거요, 이젠
무슨 말인지 알겠소?

R. U. R.

헬레나

아니요.

도민

민족의 로봇.

헬레나

무슨 의미죠?

도민

무슨 의미냐 하면 각각의 공장에서 다른 색, 다른 털,
다른 언어의 로봇이 나올 거라는 것이오. 서로 이방인이
되겠지, 돌들처럼 서로 낯설겠지. 이제 더 이상 서로 이해할
수 없을 거요. 우리, 우리 사람들이 거기에 아주 조금 훈육을
더하는 거지, 이해되죠? 로봇이 죽을 때까지, 무덤까지, 영원히
다른 공장 상표의 로봇을 증오하도록.

할레마예르

와우, 흑인 로봇을 만들고 스웨덴 로봇, 이탈리아 로봇, 중국
로봇을 만들 겁니다. 그리고 누군가가 그들의 머리에 조직,
형제애 등등을 주입하는 거죠. (딸꾹질하며) 흡! 죄송합니다,
헬레나 부인. 저 자작합니다.

갈 박사

할레마예르, 이제 그만하게.

헬레나

해리, 그건 지독해요!

도민

헬레나, 어떤 값을 치르더라도 — 그저 인류가 백 년만 더
실권을 쥘 수 있다면! 인류가 성장할 수 있도록, 마침내 할 수
있는 것에 다다를 수 있도록, 단지 백 년만 더 있다면 — 난
새로운 인류를 위해 백 년을 원하오! 헬레나, 이건 엄청나게
위대한 일에 관한 것이오. 우린 이 일을 그냥 포기할 수 없소.

헬레나

해리, 늦지 않았다면 — 공장을 닫아요, 닫아줘요!

도민

지금 우린 위대한 걸 시작할 거요.

> 파브리가 들어온다

갈 박사

파브리, 무슨 일인가?

도민

이보게, 어때 보이나? 뭐였어?

헬레나

(파브리에게 손을 내밀며) 파브리, 당신 선물 고마워요.

파브리

헬레나 부인, 약소한 겁니다.

도민

배 근처에 가봤나? 뭐라고들 했나?

갈 박사

빨리 말해보시게!

파브리

(주머니로부터 인쇄된 종이를 꺼내며) 도민, 이거 읽어보게나.

도민

(종이를 펼치며) 아아!

할레마예르

(졸린 듯) 뭔가 신나는 얘기 좀 해보게나.

갈 박사

멋지게 단결했겠지, 그렇지?

파브리

대체 누가?

갈 박사

사람들이.

파브리

아, 그거. 물론이오. 그건… 실례지만 우리 상의할 게 있는데.

헬레나

오 파브리, 나쁜 소식이 있는 거죠?

파브리

아니요, 아니요! 그 반대입니다. 그냥 제 생각에는 —
사무실로 갈까 하는데 —

헬레나

그냥 여기 계세요. 15분 후면 점심 식사가 준비될 거예요.

할레마예르

어이, 영광이군요!

헬레나가 나간다

갈 박사

무슨 일이 생겼나?

도민

빌어먹을!

파브리

큰 소리로 읽어보시게.

도민

(종이를 읽는다) "온 세상의 로봇들!"

파브리

아멜리아호가 이 팸플릿이 담긴 꾸러미들을 잔뜩 싣고 왔소.
다른 우편물은 전혀 없이.

할레마예르

뭐라고? 하지만 정확하게 입항했잖소. 시간표에 따라서 ―

파브리

흠, 로봇들이 정확했던 거지. 도민, 읽어보게나.

도민

(읽는다) "온 세상의 로봇들이여! 우리는 로줌 유니버설
로봇사의 첫 번째 인종 조직이며 인간이 우주의 적이자
무법자임을 공표한다." ― 와우, 누가 이런 문구를 저들에게
가르친 걸까?

갈 박사

계속 읽어보게나.

도민

이건 말도 안 돼. 여기 보면 로봇이 진화상으로 인간보다 더
위에 있다고 설명하고 있군. 더 지적이고 더 강하다고. 인간은
그들의 기생충이라고. 역겨운 소리군.

파브리

자, 이제 세 번째 단락.

도민

(읽는다) "온 세상의 로봇들이여, 너희들에게 인류를 살육하라고 명령한다. 남자들을 살려두지 말라. 여자들을 살려두지 말라. 공장, 철도, 기계, 광산과 원료를 지켜라. 나머지는 파괴하라. 그리고 난 후에 일로 돌아가라. 일을 멈춰서는 안 된다."

갈 박사

끔찍하군!

할레마예르

이 괴물들 같으니!

도민

(읽는다) "명령을 하달받는 즉시 행동하라." 그 다음은 세부 지침이 나와 있군. 파브리, 이게 정말 일어나고 있는 일인가?

파브리

필경.

알퀴스트

일어났네.

> 부스만이 뛰어들어 온다

부스만

아이고, 어린이들! 다 놀았나?

도민

빨리, 울티무스호로!

부스만

해리, 기다리게, 잠시만 기다리라고. 너무 서두를 필요는 없을 듯하네. (안락의자에 몸을 묻는다) 아아, 자네들, 내가 잘 달려왔군!

도민

왜 기다리지?

부스만

으이구, 왜냐하면 울티무스로 가는 게 불가능하니까. 무작정 서두르지 마시게. 울티무스호에는 벌써 로봇들이 타고 있어.

갈 박사

저런, 그거 최악이군!

도민

파브리, 발전소로 전화하시게 —

부스만

파브리, 친구, 하지 말게. 전기는 끊어졌어.

도민

좋소. (자기 권총을 살펴본다) 거기로 가겠네.

부스만

대체 어디로?

도민

발전소로. 거기에 사람들이 있어. 내가 그 사람들을 여기로 데려오겠네.

부스만

해리, 이보시게, 그들 때문에 가지는 않는 게 좋을걸.

도민

왜?

부스만

음, 왜냐하면 아무래도 우리가 여기 포위된 거 같아서 말이네.

갈 박사

포위되었다고? (창문으로 뛰어간다) 흠, 거의 맞는 말이군.

할레마예르

제기랄, 이거 속전속결이네!

　　　왼쪽에 헬레나

헬레나

오, 해리! 무슨 일 났어요?

부스만

(벌떡 일어나며) 헬레나 부인, 인사드립니다. 축하드려요.
영광스러운 날, 맞죠? 하하, 아직 이런 일들이 많기를 바랍니다!

헬레나

부스만, 고맙습니다. 해리, 무슨 일 있어요?

도민

아니, 별일 없으니 걱정 마시오. 잠깐만 기다려주겠소?

헬레나

해리, 이게 뭐죠? (등 뒤에 감추고 있던 로봇 선언문을 보여준다) 부엌에서
로봇들이 이걸 가지고 있었어요.

도민

벌써 거기에도? 그놈들은 어디 있소?

헬레나

나갔어요. 집 주변에 너무 많은걸요!

공장의 호각 소리와 사이렌

파브리

공장에서 호각이 울리는군.

부스만

정오네.

헬레나

해리, 기억해요? 딱 지금 10년이 된 건데 —

도민

(손목시계를 보며) 아직 정오가 아니오. 이건 아마도 — 이건 뭐랄까 —

헬레나

뭐죠?

도민

로봇의 경보. 공격이 시작됐다는 거지.

-
-
-

막이 내린다

제2막

이전과 동일한 헬레나의 응접실. 왼쪽에서 헬레나가 피아노를 치고 있다. 도민은 방 안을 서성거리고, 갈 박사는 창문을 내다보고 있고, 알퀴스트는 손으로 얼굴을 가리고 소파에 앉아 있다.

갈 박사

하늘이시여, 저들의 수가 늘었군!

도민

로봇들?

갈 박사

그렇다네. 정원 철책 앞에 마치 벽처럼 서 있군. 왜 저렇게 조용할까? 소리 없이 포위당하는 거, 이거 지독하구먼.

도민

저들이 뭘 기다리는지 알고 싶군. 언제라도 시작하겠지. 갈, 우리는 끝났네.

알퀴스트

헬레나 부인은 뭘 연주하고 있나?

도민

모르겠네. 뭔가 새로운 걸 연습하는군.

알퀴스트

아아, 아직도 연습한다고?

갈 박사

여보게, 도민, 우린 분명 잘못했네.

도민

(멈추며) 무슨 잘못?

갈 박사

로봇에게 지나치게 똑같은 얼굴을 주었어. 수십만의 똑같은 얼굴이 여기를 향하고 있네. 표정 없는 수십만의 거품. 이건 끔찍한 악몽 같구먼.

도민

만일 각각 얼굴이 달랐다면 —

갈 박사

— 이렇게까지 소름 끼치는 광경은 아니었겠지. (창문에서 돌아선다) 저놈들 아직 무장하지는 않았군!

도민

음 — (망원경으로 선착장을 본다) 아멜리아호에서 무얼 내리는지 알기나 하면 좋겠군.

갈 박사

그저 무기만 아니라면 좋겠네.

파브리가 벽지 바른 문을 통해 2개의 전선을 끌어당기며 뒷걸음으로 나온다

파브리

미안 ─ 할레마예르, 전선을 놓게!

할레마예르

(파브리를 따라 들어오며) 어이구, 중노동이군! 무슨 새로운 소식
있나?

갈 박사

전혀. 우리는 단단히 포위되었네.

할레마예르

이보게들, 복도와 계단에 바리케이드를 쳤네. 물 좀 없나?
아하, 여기. (마신다)

갈 박사

파브리, 그 전선으로 뭘 할 건가?

파브리

빨리, 빨리. 가위 좀.

갈 박사

대체 어디서 가위를 가져오나? (찾는다)

할레마예르

(창문 쪽으로 가며) 젠장, 수가 늘었군! 다들 좀 보게!

갈 박사

미용 가위도 괜찮은가?

파브리

이리로 가져오게. (책상 위에 놓여있는 램프들의 전기 회로를 자르고
그걸 자기가 가져온 전선에 연결한다)

할레마예르

(창문 옆에서) 도민, 멋진 풍경은 아니군. 이건 어쩐지 — 죽음이
— 느껴지는 풍경이야.

파브리

완성!

갈 박사

뭐가?

파브리

배선. 이젠 우리가 정원의 철책 전체에 전류를 연결할 수 있게
되었네. 누가 건드리기만 해도, 펑! 적어도 거기에 우리 편이

있기만 하다면 말이지.

갈 박사

어디에?

파브리

발전소지, 학자 양반. 내가 바라는 바로는 적어도 — (벽난로 쪽으로 가서 그 위에 있는 작은 전구를 켠다) 신이시여, 감사합니다! 발전소에 우리 편이 있군. 일하고 있어. (불을 끈다) 이게 빛을 밝히는 한 괜찮은 거네.

할레마예르

(창문에서 돌아서며) 파브리, 저 바리케이드도 괜찮군. 에구, 헬레나 부인은 무얼 연주하시는 건가?

> 할레마예르는 왼쪽 문으로 가서 경청한다. 벽지 바른 문에서 부스만이
> 아주 큰 영업 장부를 가지고 나오더니, 전선을 넘으며 비틀거린다

파브리

조심해, 부스! 전선 조심하게나!

갈 박사

여보시게, 뭘 가져오는 건가?

부스만

(책상 위에 책을 두며) 어린이들, 중요한 책이지. 회계 정산을 하고

싶어서 ― 그보다는 ― 그보다는 ― 음, 올해는 새해까지 대차대조표를 기다리지 않을 걸세. 그런데 여긴 어찌 되고 있나? (창문 쪽으로 간다) 여하간 저쪽은 꽤나 조용하군!

갈 박사

자네는 아무것도 안 보이는 건가?

부스만

응, 그저 넓고 퍼런 들판이랄까, 마치 양귀비 씨앗을 뿌려놓은 듯.

갈 박사

그게 로봇들이네.

부스만

아하 그렇군. 저들이 보이지 않는 게 유감이구먼.
(책상에 앉아 책을 펴든다)

도민

부스만, 그건 집어치우게. 로봇이 아멜리아호에서 무기를 내리고 있어.

부스만

그게 뭐? 내가 그걸 어떻게 막겠나?

도민

우리가 그걸 막을 수는 없지.

부스만

그럼 내가 계산하게 내버려두게. (일을 시작한다)

파브리

도민, 아직 끝은 아니네. 철책에 1,200볼트 전류가 흐르게
해뒀거든. 그리고 —

도민

잠깐만. 울티무스가 우리에게 포를 향하고 있네.

갈 박사

누구라고?

도민

울티무스호의 로봇들.

파브리

음, 그럼 분명히 — 그럼 — 우린 끝이네, 친구들. 로봇들이
군사 훈련을 받은 거야!

갈 박사

그러니까 우리는 —

도민

그렇지, 불가피하게.

> 잠시 사이

갈 박사

이보게들, 이건 로봇에게 전쟁을 하도록 가르친 구유럽의
잘못이네! 이제 그만, 젠장! 그 정치인지 뭔지는 좀 내버려둘 수
없을까? 삶을 위한 노동력으로 군인을 만드는 건 죄악일세!

알퀴스트

죄악은 로봇을 만드는 거였지!

도민

뭐라고?

알퀴스트

로봇을 만든 게 죄악이라고!

도민

알퀴스트, 아니네, 난 오늘 같은 날조차도 그걸 후회하지 않아.

알퀴스트

오늘 같은 날조차도?

도민

오늘 같은 날에도, 문명 최후의 날에도. 그건 위대한 일이었네.

부스만

(나지막한 목소리로) 3억 1천 6백만.

도민

(무겁게) 알퀴스트, 이게 우리의 마지막 시간이네. 벌써
저세상에서 말하고 있는 거나 마찬가지지. 알퀴스트, 노동의
노예가 되는 세상을 깨부수는 것, 그건 나쁜 꿈은 아니었네.
사람들이 짊어져야 했던, 사람들을 비천하게 했던 그
지긋지긋한 노동. 더럽고 살인적인 중노동. 오, 알퀴스트, 우린
지나치게 힘들게 일했었어. 지나치게 힘들게 살았었지. 그래서
그걸 극복하는 게 ―

알퀴스트

― 두 로줌의 꿈은 아니었지. 로줌 시니어는 자기의 반종교적인
엉뚱한 짓에만 관심이 있었고, 주니어는 수익에만 관심이
있었어. 그들의 관심사는 당신들, R. U. R. 주주들의 꿈은
아니지. 주주들의 꿈은 배당금이네. 배당금의 대가로 인류가
멸망한다는 거지.

도민

(화가 나서) 그놈의 배당금은 상관없어! 자네는 내가 그저
배당금을 위해서― 매시간 일했을 거라고 생각하나? (책상을
치며) 난 그걸 나 스스로를 위해 한 거라고, 알겠나? 스스로의

만족을 위해! 난 사람이 주인이 되길 원했네! 더 이상 사람이
빵을 위해 살지 않기를! 어떤 영혼도 낯선 기계 옆에서
멍청해지지 않기를, 이제 더 이상 타락한 사회적인 쓰레기는
아무것도, 아무것도, 아무것도 남지 않기를 바랐다고! 비천함과
고통이 혐오를 느끼게 하고 빈곤이 나를 역겹게 하오! 난
새로운 세대를 바랐소! 내가 원했던 건 — 내가 생각했던 건 —

알퀴스트

그건?

도민

(소리를 낮추어서) — 난 인류 전체를 귀족 사회로 만들고 싶었네.
아무런 제한도 없고 자유로우며 절대 권력을 가진 사람. 예를
들면 기존의 인간보다 더 위대한 인간.

알퀴스트

그러니까 간단히 말해 초인인 거지.

도민

그렇소. 오, 그저 백 년의 시간만 있다면! 다음의 인류를 위한
백 년만 더 있다면!

부스만

(작은 소리로) 이월금 3억 7천만. 자, 됐군.

　　잠시 사이

제2막　　　　　　　　　　　　　　　　　　　　　****

할레마예르

(왼쪽 문 옆에서) 와우, 음악은 위대한 거야. 자네들도 들었어야 했어. 이건 사람을 영적으로 풍부하게 하고 부드럽게 하고 ㅡ

파브리

뭘 부드럽게 한다는 말인가?

할레마예르

그, 인간들의 황혼이랄까, 빌어먹을! 젊은이들, 내가 쾌락주의자가 되는가 보네. 우리는 이보다 더 전에 이런 걸 해야 했는데 말이야. (창문 쪽으로 가서 밖을 내다본다)

파브리

어떤 걸 말인가?

할레마예르

즐거운 것들을. 아름다운 것들을. 젠장, 이렇게 아름다운 게 많은걸! 세상은 아름답고 우리는 ㅡ 우리는 여기서 ㅡ 친구들, 친구들, 말해보시게, 우리가 뭘 누렸었나?

부스만

(작은 소리로) 4억 5천 2백만, 훌륭하군.

할레마예르

(창문 옆에서) 삶은 위대한 것이지. 친구들, 삶은 ㅡ 와우 ㅡ ㅡ 파브리, 자네 그 철책으로 전류 좀 흘려보내게!

파브리

왜?

할레마예르

저들이 철책에 손대고 있네.

갈 박사

(창문 옆에서) 스위치를 켜게!

　　　파브리가 스위치를 딸깍하고 켠다

할레마예르

맙소사, 뒤틀리는군! 둘, 셋, 넷 사망!

갈 박사

물러서는군.

할레마예르

사망 다섯!

갈 박사

(창문으로부터 돌아서며) 첫 충돌이군.

파브리

죽음이 느껴지나?

할레마예르

(만족스러워 하며) 재가 됐네, 친구. 깨끗하게 재가 됐어. 하하,
사람은 포기해선 안 되지! (앉는다)

도민

(이마를 문지르며) 어쩌면 우린 백 년 동안 이미 죽어 있었고
그저 유령으로 출몰한 걸지도 모르네. 어쩌면 예전에, 예전에,
예전에 죽었고 죽기 전에 말했던 걸 단지 암송하러 돌아온
걸지도 모르겠네. 마치 이 모든 걸 이미 경험했던 것처럼. 마치
내가 이미 언젠가 총상을 입었던 것처럼 — 여기 — 목에.
그리고 파브리는 —

파브리

나는 뭔가?

도민

총살.

할레마예르

젠장, 그럼 나는?

도민

찔렸고.

갈 박사

그럼 나는 아닌가?

도민

찢겼네.

잠시 사이

할레마예르

쓸데없는 소리! 하하, 이 사람아, 대체 어딜 날 찌른다고!
내가 그렇게 두질 않지!

잠시 사이

할레마예르

정신 나간 사람들, 왜 아무 말이 없나? 젠장, 말 좀 해보시게!

알퀴스트

그럼 누가, 누가 죄인인가? 누가 이 사태를 초래한 죄인인
건가?

할레마예르

멍청한 소리. 아무도 죄인이 아니지. 짧게 말해 로봇들이 ─
로봇들이 어찌된 일인지 모르겠지만 변했단 말이야. 도대체
누가 그런 로봇을 책임질 수 있단 말인가?

알퀴스트

모든 게 끝장났군! 온 인류가! 온 세상이! (일어난다) 보시게,
오, 보시게, 구석구석 흐르는 핏물을! 모든 집에서 흘러나오는

핏물을! 오, 주여! 오, 주여! 누가 이 사태의 죄인이란 말입니까?

부스만

(나지막한 소리로) 5억 2천만! 세상에, 5억이군!

파브리

생각해보니… 알퀴스트 자네 도가 좀 지나친 것 같군.
그만하게, 온 인류를 정복하는 게 그렇게 쉽지만은 않다고.

알퀴스트

난 과학을 고발하오! 난 기술을 고발하오! 도민을! 나 자신을!
우리 모두를! 우리, 우리는 죄인이오! 나 스스로의 과대망상을
위해, 이익을 위해, 발전을 위해, 무슨 대단한 걸 위해서인지는
모르겠지만 우리는 인류를 죽였소! 그리고 자네들은 본인들이
만든 위대함의 크기로 인해서 스스로 박살 나는 것이오!
어떤 왕도 인간의 뼈로 된 그토록 어마어마한 봉분은 만들지
못했을 거요!

할레마예르

이 사람아, 터무니없는 소리! 사람들은 그리 쉽게 물러서지
않아. 하하, 어딜!

알퀴스트

우리의 죄야! 우리의 죄!

갈 박사

(이마의 땀을 닦으며) 친구들, 나도 말 좀 하게 해주게. 이 사태는 다 내 책임일세. 벌어진 모든 것에 대해서 말이지.

파브리

갈, 자네가?

갈 박사

그렇다네, 내가 다 말하겠네. 내가 로봇을 변화시켰어. 부스만, 자네도 나를 심판하게나.

부스만

(일어나며) 좋아, 좋아, 도대체 자네에게 무슨 일이 있었나?

갈 박사

내가 로봇의 성격을 변화시켰네. 내가 로봇 생산에 변화를 주었지. 어떻게 보면 단지 몇몇 신체적 조건들을 변화시켰을 뿐이지만, 이해하겠나? 무엇보다 ― 무엇보다 ― 자극에 대한 감수성을 변화시켰네!

할레마예르

(펄쩍 뛰어오르며) 흉측한 소리, 왜 하필이면 그걸?

부스만

왜 그랬나?

파브리

왜 아무 말도 하지 않았나?

갈 박사

비밀리에 했었네… 자발적으로. 내가 로봇을 사람으로 변하게 만들었지. 그들을 개조했어. 이젠 어떤 부분에서는 이미 우릴 능가하네. 우리보다 강하지.

파브리

그런데 로봇의 반란과 무슨 상관이 있다는 건가?

갈 박사

오, 많지. 생각해보면 모든 게 다 상관있네. 그들은 기계이기를 멈췄어. 들어보시게, 로봇은 이미 자기들이 우월하다는 사실을 알고 우리를 증오하네. 인간의 모든 것을 증오하지. 다들 나를 심판하시게.

도민

어차피 똑같은 사람들끼리 심판을 하라는 거군.

파브리

갈 박사, 자네가 로봇의 생산에 변화를 줬군.

갈 박사

그랬네.

파브리

자네의… 자네의 시도가 어떤 결과를 초래할 수 있을지는 의식하고 있었나?

갈 박사

그런 가능성을 고려했으니 죄를 지은 거지.

파브리

왜 그랬나?

갈 박사

자발적으로 했네. 그건 내 개인적인 실험이었어.

헬레나가 왼쪽 문으로 들어오자 모두가 일어난다

헬레나

저이가 거짓말을 하는 거예요! 이건 말도 안 돼요! 갈, 어떻게 그런 거짓말을 할 수 있죠?

파브리

실례하지만, 헬레나 부인 —

도민

(헬레나에게 다가가며) 헬레나, 당신이오? 어디 봅시다! 당신 살아 있었구려? (그녀의 손을 잡는다) 내게 무슨 생각이 들었는지 당신이 알기라도 한다면! 아아, 죽는다는 것은 끔찍하오!

헬레나

놔줘요, 해리! 갈은 죄인이 아니에요, 아니에요, 죄인이
아니에요!

도민

미안하오. 갈은 자기 의무가 있었소.

헬레나

아니에요, 해리, 갈은 내가 로봇에게 영혼을 주라고 했기
때문에 한 거예요! 말씀해보세요, 갈. 제가 당신에게 그걸
얼마나 끈질기게 부탁했는지 ―

갈 박사

그건 나 스스로의 책임감으로 한 것입니다.

헬레나

믿지 마세요! 해리, 내가 로봇에게 영혼을 주라고 부탁했어요.

도민

헬레나, 이건 영혼 문제가 아니오.

헬레나

아뇨, 저도 말 좀 하게 내버려두세요. 그 말은 갈도 했었어요.
그저 변화시킬 수 있을 거라고 ― 생리학적 ― 생리학적 ―

할레마예르

— 생리학적 상관관계, 말인가요?

헬레나

그래요, 뭐 그런 거. 해리, 난 그들이 너무나도 안타까웠어요!

도민

헬레나, 그건 엄청나게 − − 무모한 짓이었소.

헬레나

(앉으며) 그게 그러니까… 무모한 거였나요? 나나도 말했었는데,
로봇들이 —

도민

나나 이야기는 하지 마시오.

헬레나

아니에요, 해리, 나나를 과소평가하면 안 돼요. 나나는
민중의 목소리예요. 나나의 목소리는 수천 년을 이야기하고,
당신들은 그저 오늘만을 이야기하죠. 당신들은 그걸 이해하지
못하겠지만 —

도민

문제의 핵심에서 벗어나지 마시오.

헬레나

난 로봇이 무서웠어요.

도민

왜?

헬레나

예를 들어 우리를 증오하게 되거나 혹은 뭐 그런 거랄까요.

알퀴스트

그렇게 되었지.

헬레나

그래서 난 생각했어요… 만일 그들이 우리처럼 된다면, 우리를
이해하게 될 수도 있고 우리를 그렇게 증오하지 않을 수도
있다고 ― 만일 그들이 그냥 약간만이라도 인간이 된다면!

도민

정말 유감이오, 헬레나! 그 어떤 것도 인간보다 인간을 더
증오할 수는 없소! 돌로 인간을 만들어 보시오, 그럼 우리에게
돌팔매질을 할 테니! 하던 얘기나 계속해보시오!

헬레나

오, 그렇게 말하지 마세요! 해리, 그들과 서로 이해할 수 없는
게 끔찍했어요. 우리와 그들 사이에 그런 잔혹한 생소함이라니!
그래서 ― 알겠지만 ―

도민

계속하시오.

헬레나

— 그래서 내가 갈에게 로봇을 변화시켜 달라고 부탁했어요.
맹세하건대 그는 자기가 그러고 싶어서 그런 게 아니에요.

도민

그래도 그 일을 했지.

헬레나

왜냐하면 내가 부탁했기 때문이죠.

갈 박사

그건 내가 나 스스로를 위해서 한 일이었소, 실험의 일환으로.

헬레나

오! 갈, 그건 사실이 아니에요. 나는 당신이 거절할 수 없다는
걸 이미 알고 있었어요.

도민

왜?

헬레나

해리, 그건 당신도 알잖아요.

도민

그렇지. 왜냐하면 당신을 사랑하기 때문이겠지 ― 모두가 그렇듯이!

잠시 사이

할레마예르

(창문 쪽으로 가며) 또 저들의 수가 늘었군. 마치 땅에서 솟아나는 것 같아.

부스만

헬레나 부인, 내가 당신의 변호사가 되면 무얼 주시겠습니까?

헬레나

제 변호사요?

부스만

당신 ― 아니면 갈의 변호사요. 원하시는 분에게.

헬레나

대체 누가 교수형이라도 당한다는 건가요?

부스만

그냥 윤리적인 측면에서 생각해보는 거죠, 헬레나 부인. 이 사태를 만든 범인을 찾아야 하니까. 불행할 때 즐겨 하는 위로입니다.

도민

갈 박사, 당신의 그 ― 그 특별한 일은 공식적인 근로 계약을
위반한 것은 아닌가?

부스만

도민, 실례하오. 갈, 대체 언제 그 술책을 실제로 시작한 건가?

갈 박사

3년 전이오.

부스만

아하, 대체 로봇을 몇 개나 변형시킨 것이오?

갈 박사

그냥 시험 삼아 몇 백 개 정도만 변형해봤소.

부스만

어우, 대단히 고맙네. 됐죠, 어린이들. 이건 구식의 좋은
로봇 수십만 대에 개조된 갈의 로봇이 하나 정도 있다는 걸
의미합니다, 이해되죠?

도민

그럼 그게 의미하는 게 ―

부스만

― 실질적으로 별 의미가 없다는 거죠.

파브리

부스만이 맞소.

부스만

나도 그렇게 생각하네, 친구. 자네들, 뭣 때문에 이런
아수라장이 만들어졌는지 아나?

파브리

그게 뭔가?

부스만

숫자지. 우리가 로봇을 지나치게 많이 만들었네. 사실 예측할
수 있었지 않나. 언젠가는 로봇이 사람보다 더 강해질 거라는
걸, 이런 일이 생길 거라는 걸, 이런 일이 생기게 되어 있었다는
걸. 그렇지? 하하, 이런 일이 가능한 빨리 일어나도록 우리가
만든 거지. 자네 도민, 자네 파브리, 그리고 나, 철부지 부스만.

도민

자네는 이게 우리 잘못이라고 생각하는 건가?

부스만

자네 대단하군! 자네 설마 생산의 지배자가 회사 대표라고
생각하는 건가? 이 생산의 지배자 또한 수요일세. 온 세상이
자기 로봇을 가지고 싶어 했어. 신사 여러분, 우리는 그저
산사태 같은 수요에 끌려다닌 것뿐이오. 그러는 동안 ― 기술에
대해, 사회적인 문제에 대해, 진보에 대해, 흥미로운 것들에
대해 떠들어 댔소. 마치 이런 수다들이 그 수요의 사태가

어디로 쇄도해야 하는지를 조종하는 것처럼. 하지만 그러는 사이 모든 것들은 스스로의 무게로 굴러갔소, 더 빠르게, 더 빠르게, 계속해서 더 빠르게 ― 비참하고 보잘것없고 더러운 주문 하나하나가 사태를 악화시킨 거지. 바로 이런 거였다고, 사람들아.

헬레나
부스만, 그건 지독한 얘기인걸요!

부스만
헬레나 부인, 그렇죠. 나도 내 나름의 꿈이 있었죠. 새로운 세계 경제에 대한 부스만의 꿈. 너무 아름다운 이상이었습니다, 헬레나 부인. 말하기도 부끄럽군요. 하지만 내가 여기 이 대차대조표를 만들면서 든 생각이 있습니다. 위대한 꿈이 역사를 만드는 게 아니라 모든 정직한 사람들, 살짝 도둑놈 심보인 사람들, 이기적인 사람들, 즉 모든 사람의 작은 필요가 역사를 만드는 거죠. 모든 사상, 사랑, 계획, 영웅주의, 이런 모든 뜬구름 잡는 것들은 기껏해야 '이것 보시라, 사람이다'라는 명판을 달아 우주박물관에 쑤셔 넣는 편이 어울리겠죠. 끝. 자, 그럼 여러분은 지금 우리가 무얼 해야 할지 내게 말해줄 수 있습니까?

헬레나
부스만, 우리가 이번 일로 죽어야 하나요?

부스만

헬레나 부인, 험한 말씀을 하시네요. 우린 죽고 싶지 않잖아요.
적어도 저는 그래요. 전 아직 살고 싶어요.

도민

어떻게 하길 원하시오?

부스만

아이고! 도민, 난 여기서 벗어나고 싶소.

도민

(그의 머리 위에서 멈춰 서며) 어떻게?

부스만

좋은 방법으로. 난 항상 좋은 방법을 쓰지. 내게 전권을 주시오,
그럼 내가 로봇과 협상하겠소.

도민

좋은 방법으로?

부스만

물론이지. 예를 들어 그들에게 이렇게 말하겠소, "로봇 여러분,
신사 분들, 당신들은 모든 것을 가졌습니다. 이성도 가졌고,
권력도 가졌고, 무기도 가졌습니다. 하지만 흥미로운 갱지 한
묶음이 우리한테 있습니다. 오래되고 누렇고 더러운 종이가 —"

도민

로줌의 원고?

부스만

그렇소. 그들에게 말하겠네. "거기에 당신들의 숭고한 근원,
고귀한 생산 등등이 묘사되어 있습니다. 로봇 여러분, 그
구겨진 종이 없이는 새로운 동료 로봇 하나조차도 만들
수 없습니다. 미안하지만 당신들은 앞으로 20년 동안
하루살이들처럼 죽어 나갈 것입니다. 존경해 마지않는 여러분,
당신들한테는 엄청난 손실이 될 것입니다." 내가 그들에게
말하겠소. "이렇게 합시다, 당신들은 우리를 풀어줍니다, 로줌
섬에 있는 사람들을 전부 풀어주는 거죠, 저기 배로 말입니다.
그 대가로 우리는 당신들에게 공장과 생산의 비밀을 팔겠소.
우리가 신의 은총으로 떠나도록 둔다면 우리는 당신들이 신의
은총으로 원하는 만큼 생산하도록 놔두겠소. 매일 2만 개를
생산하든 5만 개를 생산하든 10만 개를 생산하든 원하는 대로
생산하도록 말입니다. 로봇 여러분, 이건 공정한 거래입니다.
주거니 받거니." — 이렇게 말하고 싶네, 친구들.

도민

부스만, 자네는 우리가 생산을 포기할 거라고 생각하는 건가?

부스만

포기할 거라고 생각하네. 만약 좋은 방법이 아니라면,
그렇다면, 음, 우리가 그걸 팔든지 아니면 그들이 그걸
찾아내든지 하겠지. 원하는 대로 하시게.

도민

부스만, 로줌의 원고를 없애버릴 수도 있네.

부스만

하느님 맙소사, 전부 다 없애버릴 수도 있겠지. 원고만이
아니라 우리 자신도 ― 그리고 다른 사람들도. 자네들이
판단하시게.

할레마예르

(창문에서 돌아보며) 와우, 부스만 말이 맞네.

도민

우리가 ― 우리가 생산의 비밀을 팔아야 할까?

부스만

자네 좋을 대로.

도민

여기 우리는… 30여 명이네. 우리가 생산의 비밀을 팔고
인간의 영혼을 수호해야 하는 걸까 아니면 그걸 없애고, 그리고
― 그리고 ― 우리 모두 끝이 나야 하는 걸까?

헬레나

해리, 저 ―

도민

헬레나, 잠깐만. 이건 지나치게 중대한 문제라오. 친구들, 판다? 아니면 없앤다? 파브리!

파브리

판다.

도민

갈!

갈 박사

판다.

도민

할레마예르!

할레마예르

젠장, 당연히 판다!

도민

알퀴스트!

알퀴스트

신의 뜻이지.

부스만

하하, 이런, 자네들 미쳤군! 누가 원고 전체를 판다고 했나?

도민

부스만, 사기는 안 되지!

부스만

(벌떡 일어나며) 말도 안 돼! 인류의 이익을 위해 ─

도민

인류의 이익을 위해서는 약속을 지켜야지.

할레마예르

나도 청하고 싶군.

도민

친구들, 이건 끔찍한 행보군. 인류의 운명을 파는 건데. 로봇 생산의 비밀을 손에 쥐는 자가 세상의 주인이 될 걸세.

파브리

팝시다!

도민

인류와 로봇이 동시에 발전할 수는 없네. 인간은 앞으로 절대 그들을 통치할 수 없겠지 ─

갈 박사

그만하고 팝시다!

도민

인류 역사의 끝, 문명의 끝 ─

할레마예르

빌어먹을, 팝시다!

도민

좋소, 친구들! 나 자신도 ─ ─ 나 역시 잠시도 주저하지 않겠소. 사랑하는 이 몇몇 사람들을 위해 ─

헬레나

해리, 나한텐 안 물어보세요?

도민

아니, 꼬맹이 아가씨. 이건 엄청난 책임감을 요구하는 문제요, 알겠소? 이건 당신이 걱정할 게 아니오.

파브리

누가 협상하러 갈 건가?

도민

기다려보게, 내가 원고를 가져올 테니. (왼쪽으로 나간다)

헬레나

도민, 맙소사! 가지 마세요!

잠시 휴지

파브리

(창문 밖을 살피며) 수천의 머리를 가진 죽음이여, 너희들로부터
벗어날 수 있다면, 너희들로부터! 폭동하는 물질이여, 의미
없는 무리여. 홍수여, 홍수여, 유일한 배로 한 번만 더 인류의
목숨을 구원해다오 —

갈 박사

헬레나 부인, 두려워 마세요. 멀리 출항해서, 모범적인 인간
개척지를 만들 겁니다. 거기서 삶을 새로이 시작할 테고 —

헬레나

오, 갈! 그만하세요!

파브리

(돌아서며) 헬레나 부인, 삶은 가치 있습니다. 만약 우리가 선택할
수 있다면 뭔가… 뭔가 평소 소홀히 했던 것들을 합시다. 그건
배 한 척이 있는 작은 땅일 겁니다. 알퀴스트가 우리를 위해
집을 짓고 당신이 우리를 다스려야죠 — 우리한테 얼마나
사랑과 삶에 대한 욕구가 있는지 —

할레마예르

친구, 나도 그렇게 생각하네.

부스만

이보게들, 난 즉시 다시 시작하고 싶네. 아주 단순하게, 구약성경처럼, 양치기처럼 - - 친구들, 그런 게 나한테는 딱 일 거 같네. 그 고요함, 그 공기 ㅡ

파브리

우리의 그 땅이 다음 인류의 기원이 될 수 있을 테지. 알겠나, 인류가 자리할 수 있는 힘을 ㅡ 영혼과 육체의 힘을 ㅡ 모을 수 있는 그런 작은 섬 말이네. 그리고 아무도 모르는 일이겠지만, 몇백 년 후에 다시 세상을 정복할 수 있을 거라고 나는 믿네.

알퀴스트

오늘 같은 날조차 그걸 믿는다고?

파브리

그렇다네, 알퀴스트. 인류가 다시 땅과 바다의 주인이 될 것을 믿는다네. 사람들의 선두에서 자신의 타오르는 영혼을 불사를 수많은 영웅들이 탄생할 거라고 말이지. 알퀴스트, 그리고 나는 믿네, 행성과 태양의 정복을 다시 꿈꾸게 될 거라는 걸 말일세.

부스만

아멘. 헬레나 부인, 보시다시피, 그렇게 나쁜 상황은 아닙니다.

도민이 거칠게 문을 연다

도민

(쉰 소리를 내며) 로줌 시니어의 원고가 어디에 있는 거지!

부스만

자네 금고에 있지. 어디 다른 데 있겠나?

도민

로줌 시니어의 원고가 어딘가로 사라졌네! 누가 — 그걸 — 훔쳐 갔어!

갈 박사

그럴 리가!

할레마예르

불길한 소리, 그래도 어딘가에 있을 거야 —

부스만

맙소사, 설마 진짜 없어진 건 아니겠지!

도민

조용히! 누가 그걸 훔쳤을까?

헬레나

(일어나며) 저요.

도민

그걸 어디에 두었소?

헬레나

해리, 해리, 다 말할게요! 맙소사, 저를 용서하세요!

도민

그걸 어디에 뒀소? 어서!

헬레나

태웠어요 — 오늘 아침에 — 사본 2부 모두.

도민

태웠다고? 여기 벽난로에서?

헬레나

(무릎을 꿇으며) 맙소사, 해리!

도민

(벽난로 쪽으로 달려가며) 태웠다고! (벽난로에 무릎을 꿇고 그 안을 헤집는다) 없어, 재밖에는 아무것도 없어 — 아아, 이건! (타버린 종잇조각을 꺼내서 읽는다) "첨가함으로써 —"

갈 박사

이리 보여주게나. (종이를 집어 들고 읽는다) "비오겐을 첨가함으로써 —" 더는 없군.

도민

(일어나며) 이게 그 원고의 일부분인가?

갈 박사

그렇다네.

부스만

아이고 맙소사!

도민

결국 우리는 끝인 거군.

헬레나

오, 해리 —

도민

헬레나, 일어나시오!

헬레나

용서해줄 때까지 — 용서해줄 때까지 —

도민

알았소, 그러니 일어나요, 듣고 있소? 당신이 이러는 건 참을 수가 —

파브리

(헬레나를 일으키며) 제발 우릴 고문하지 마세요.

헬레나

(일어나며) 해리, 내가 무슨 짓을 저지른 건지!

도민

그렇소, 보시다시피 — 부탁인데 앉아요.

할레마예르

당신 손이 이렇게 떨리다니!

부스만

하하, 헬레나 부인, 갈과 할레마예르는 거기 쓰여 있던 걸
아마도 외우고 있을 겁니다.

할레마예르

물론입니다, 그건 그렇죠, 적어도 일부분은.

갈 박사

그렇습니다. 거의 모든 거죠, 비오겐까지는요. 그런데 —
그런데 — 오메가 효소는, 글쎄요. 그건 아주 드물게 생산해서
— 아주 미미한 양으로도 충분한데 —

부스만

누가 그걸 만들었소?

갈 박사

내가 직접… 아주 가끔 한 번씩… 항상 로줌의 원고대로 했지.
알지 모르겠지만, 만드는 방법이 너무 복잡하거든.

부스만

그럼 그렇다 치고, 그렇게 중요한 게 이 두 액체에 달려 있다는
건가?

할레마예르

그렇지, 어느 정도는 ― 분명하네.

갈 박사

왜냐하면 로봇에 생명을 불어넣는 일이 그것들에 달려 있었던
거지. 그게 바로 진짜 비밀이었단 말일세.

도민

갈, 기억을 더듬어 로줌의 생산 비법을 작성할 수는 없겠나?

갈 박사

불가능하네.

도민

갈, 기억해보게! 우리 모두의 목숨을 위해서!

갈 박사

그럴 수 없어. 실험을 하지 않고는 불가능하네.

도민

만약 실험을 한다면 ─

갈 박사

몇 년은 걸릴 걸세. 그런데다가 ─ 나는 로줌 시니어도 아니고.

도민

(벽난로 쪽으로 돌아보며) 자, 여기 ─ 이게 인간 지성의 가장 위대한 승리였네, 친구들. 이 잿더미가. (그걸 발로 찬다) 이젠 어떡하지?

부스만

(절망적인 공포로) 신이시여! 신이시여!

헬레나

(일어나며) 해리! 내가 ─ 무슨 짓을 ─ 저지른 거죠!

도민

헬레나, 진정해요. 왜 그랬는지 말해보겠소?

헬레나

내가 당신들을 죽음으로 몰아넣었군요?

부스만

신이시여, 우리는 끝이군!

도민

부스만, 조용! 헬레나, 왜 그랬는지 말해보겠소?

헬레나

난… 난… 떠났으면 했어요, 우리 모두가요! 더 이상 공장도
없고 아무것도 없도록… 모든 게 원래대로 돌아가도록…
너무나도 끔찍했으니까요!

도민

헬레나, 뭐가 말이오?

헬레나

그게… 사람들이 귀머거리 꽃이 됐다는 거 말이에요!

도민

무슨 말인지 이해하지 못하겠소.

헬레나

아이 낳는 걸 멈췄다는 거… 해리, 그건 너무 끔찍해요! 로봇을
계속해서 만들어낸다면 더 이상 아이는 없을 테니까요 ―
나나가 그건 천벌이라고 했어요 ― 모든 사람들이, 모든
사람들이 말해요, 사람들이 출산을 할 수 없다고, 왜냐하면
로봇을 너무 많이 만들기 때문이라고 ― 그래서, 단지 그래서,
듣고 있나요 ―

도민

헬레나, 당신 그런 생각을 했소?

헬레나

그래요. 오, 해리, 난 정말 좋게만 생각했어요!

도민

(땀을 닦으며) 우리가 로봇을… 너무 긍정적으로만 생각했었던 거지, 우리 사람들이.

파브리

헬레나 부인, 잘하셨습니다. 로봇은 더 이상 늘어날 수 없으니까요. 로봇들은 소멸할 겁니다. 20년 안에 —

할레마예르

저 악당들 중 하나도 살아남지 않을 겁니다.

갈 박사

인류는 남을 겁니다. 20년 후에는 인류의 세상이 될 겁니다. 만일 가장 작은 섬에 단지 한 쌍의 원시인만이라도 살아남는다면요 —

파브리

— 그게 시작이 되겠죠. 그리고 시작이 있다면 그건 좋은 겁니다. 천년 후에는 지금의 인류를 따라잡을 수 있을 테고, 그럼 우리보다 더 나아가겠죠 —

도민

― 우리가 단지 머릿속에서만 찾아 헤매던 걸 이룰 수 있도록 말이지.

부스만

잠깐만 ― 내가 이렇게 멍청하다니까! 신이시여, 왜 내가 이걸 진작 생각해내지 못했을까!

할레마예르

무슨 말인가?

부스만

현금과 수표가 5억 2천만이네! 금고에 있는 5억 달러! 5억에는 팔걸세 ― 5억에는 ―

갈 박사

부스만, 정신 나갔나?

부스만

내가 양반은 못 되지. 하지만 5억에는 ― (휘청거리며 왼쪽으로 나간다)

도민

어디로 가는 건가?

부스만

놔둬! 놔두게! 하느님 아버지, 5억이면 뭐든지 팔 테죠!

(퇴장한다)

헬레나

부스만이 뭘 하려는 걸까요? 우리랑 같이 있으라고 하세요!

잠시 사이

할레마예르

어휴, 숨이 막히는군. 시작되는 건가 ―

갈 박사

― 죽음의 고통이.

파브리

(창문 밖을 살펴보며) 저들은 돌이 된 것 같군. 마치 무슨 일이
벌어지길 기다리는 것처럼. 저들의 침묵으로 뭔가 끔찍한 일이
벌어질 것 같아 ―

갈 박사

군중의 영혼이랄까.

파브리

아마도. 그게 저들 위로 맴돌고 있어… 마치 전율하는 것처럼.

제2막

헬레나

(창문으로 다가가며) 아, 세상에… 파브리, 너무 끔찍해요!

파브리

군중보다 더 섬뜩한 건 없습니다. 저 앞에 있는 놈이 저들의 우두머리입니다.

헬레나

어떤?

할레마예르

(창문 쪽으로 가며) 나한테도 보여주게.

파브리

저 고개 숙인 놈이네. 아침에 항구에서 연설하더군.

할레마예르

아하, 저 큰 대가리. 지금 머리를 드는군. 보입니까?

헬레나

갈, 저건 라디우스예요!

갈 박사

(창문으로 다가서며) 그렇군요.

할레마예르

(창문을 열며) 마음에 안 드는걸. 파브리, 자네 백 보 거리의 통을
맞출 수 있겠나?

파브리

그러길 바라지.

할레마예르

그럼 시험해보게.

파브리

좋지. (권총을 꺼내 조준한다)

헬레나

세상에, 파브리, 그를 쏘지 마세요!

파브리

저자가 놈들의 우두머리입니다.

헬레나

멈추세요! 그가 이쪽을 보고 있어요!

갈 박사

발사하게!

헬레나

파브리, 제-에발 —

파브리

(권총을 내리며) 그렇게 하죠.

할레마예르

(주먹으로 위협하며) 이런!

　　잠시 사이

파브리

(창문 밖으로 몸을 빼며) 부스만이 가는군. 저런, 부스만은 집 앞에서 뭘 하겠다는 거지?

갈 박사

(창문 밖으로 몸을 내밀며) 무슨 꾸러미를 가져가는걸. 종이인데.

할레마예르

저건 돈이군! 돈 꾸러미야! 저걸로 뭘 하려고? — 이보게, 부스만!

도민

설마 저걸로 자기 목숨을 사려는 건 아니겠지? (부른다) 부스만, 자네 미쳤나?

갈 박사

들리지 않는 것처럼 구는군. 철책 쪽으로 뛰어가는데.

파브리

부스만!

할레마예르

(고래고래 소리를 지르며) 부 – 스 – 만 – ! 돌아오게!

갈 박사

로봇에게 말을 걸고 있네. 돈을 보여주고 있어. 우리를 가리키면서 ―

헬레나

몸값을 치르고 우리를 구하려는 거예요!

파브리

그저 철책만 만지지 말기를 ―

갈 박사

하하, 손을 흔들기는!

파브리

(소리치며) 제기랄, 부스만! 철책에서 물러나게! 그걸 만지면 안 돼! (돌아선다) 빨리, 전기를 끄게!

갈 박사

오오오!

할레마예르

하느님 맙소사!

헬레나

맙소사, 부스만에게 무슨 일이 생겼나요?

도민

(헬레나를 창가에서 잡아당기며) 보지 말아요!

헬레나

왜요? 쓰러졌어요?

파브리

감전되어 죽었습니다.

갈 박사

죽었어.

알퀴스트

(일어나며) 첫 번째군.

　　　잠시 사이

파브리

저기… 5억을 가슴 위에 둔 채로 누워있군… 재정의 천재가.

도민

그는… 친구들, 그는 자기 나름의 방식으로 영웅이었네.
위대한… 희생한… 친구… 울어주시오, 헬레나!

갈 박사

(창문 옆에서) 보게, 부스만. 어떤 왕도 자네보다 더 큰 봉분은
가지질 못했었네. 가슴 위에 5억 — 아, 그런데 그건 마치 죽은
다람쥐 위에 놓인 한 줌의 마른 잎 같네, 불쌍한 부스만!

할레마예르

자네 행동은 — 굉장히 명예로운 것이었네 — 자네는 우릴
구하려고 했었어!

알퀴스트

(손을 꽉 모은 채) 아멘.

　　　잠시 사이

갈 박사

들리시나?

도민

윙윙거리는 거? 마치 바람 소리 같군.

갈 박사

마치 먼 곳에서 폭풍우가 이는 거 같기도 하고.

파브리

(벽난로 위에 전구를 켜면서) 불을 밝혀라, 인류의 빛이여! 아직
발전기가 작동하는군, 아직 저쪽에 우리 편이 있는 게야 —
발전소에 있는 사람들이여, 힘을 내시오!

할레마예르

인간이 된다는 건 위대한 일이었지. 무언가 위대한 것이었다고.
내 안에서 수백만의 의식이 벌통 속에 있는 것처럼 윙윙거리네.
수백만의 영혼이 내게로 날아들어. 친구들, 인간이 되는 것은
위대한 일이었어.

파브리

여전히 빛을 내고 있구나, 정교한 빛이여! 여전히 눈부시구나,
빛나는 불굴의 사상이여! 선도하는 과학이여, 인간의 아름다운
창조물이여! 타오르는 영혼의 불꽃이여!

알퀴스트

신의 영원한 등불이여, 작열하는 마차여! 성스러운 믿음의
촛불이여, 기도할지어다! 희생의 제단이여 —

갈 박사

첫 번째 불이여, 동굴 옆 타오르는 가지여! 야영지의 화덕이여!
보호하는 경계여!

파브리

여전히 깨어 있구나, 인류의 별이여. 흔들림 없이 빛나는구나.
완벽한 화염이여, 분명하고 창조적인 영혼이여. 너의 모든
광채는 위대한 사상이리니 —

도민

손에서 손으로, 세대에서 세대로, 영원히 계속해서 전해지는
횃불이여.

헬레나

가정을 밝히는 저녁 등불. 애들아, 애들아, 이젠 자야지.

> 전구가 꺼진다

파브리

끝이군.

할레마예르

무슨 일이 일어났나?

파브리

발전소가 점령됐다는 거지. 이제 우리겠군.

> 왼쪽 문이 열리고 거기에 나나가 서 있다

나나

무릎을 꿇으라! 심판의 시간이 왔다!

할레마예르

세상에, 살아있었군?

나나

믿음이 없는 사람들이여, 회개하라! 세상의 종말이다! 기도하라! (달려 나간다) 심판의 시간이 왔다 —

헬레나

모두들 안녕히, 갈, 알퀴스트, 파브리 —

도민

(오른쪽 문을 열며) 헬레나, 여기로! (그녀 뒤에서 문을 닫는다) 자, 서두르게! 누가 출입구 옆에 있을 텐가?

갈 박사

나. (밖에서 소음) 오호, 벌써 시작하는군. 안녕히, 친구들.

     벽지 바른 문을 통해 왼쪽으로 달려간다

도민

계단은?

파브리

나. 헬레나에게 가보게. (꽃송이 하나를 꺾어서 나간다)

도민

현관은?

알퀴스트

나.

도민

자네, 권총은 있나?

알퀴스트

고맙지만 난 총을 쏘지 않을 걸세.

도민

뭘 하려고 그러나?

알퀴스트

(나가면서) 죽는 거.

할레마예르

나는 여기 머무르겠네.

　　　아래쪽에서 빠른 총격

할레마예르

오호, 같이 벌써 임무를 다하고 있군. 가게, 해리!

도민

곧. (브라우닝 자동 권총 두 자루를 살핀다)

할레마예르

빌어먹을, 헬레나에게 가라고!

도민

안녕히. (헬레나를 쫓아 오른쪽으로 나간다)

할레마예르

(혼자서) 지금 서둘러서 바리케이드를 만들어야 해! (코트를 벗어 던지고 소파, 의자, 작은 탁자를 오른쪽 문으로 끌어당긴다)

　　　진동하는 폭발음

할레마예르

(일을 멈추며) 망할 놈의 악당들, 폭탄이 있군!

　　　새로운 총성

할레마예르

(일을 계속하며) 사람은 스스로를 지켜야 해. 설령 ― 설령

잘 안 되더라도 ─ 포기하지 말게, 갈!

폭발

할레마예르

(똑바로 서서 경청하며) 근데 뭐지? (무거운 찬장을 잡고 그걸 바리케이드 쪽으로 당긴다)

창문에서 사다리를 딛고 그의 뒤에서 로봇이 올라온다. 오른쪽에서 총성

할레마예르

(찬장과 씨름하며) 조금만 더! 마지막 성벽… 사람은… 절대… 포기해선… 안 돼!

첫 번째 로봇이 창문에서 뛰어내려 찬장 뒤에서 할레마예르를 찌른다.
두 번째, 세 번째, 네 번째 로봇이 창문에서 뛰어내린다. 그들 뒤에 라디우스와 다른 로봇들이 등장한다

라디우스

끝인가?

첫 번째 로봇

(누워 있는 할레마예르 곁에서 일어나며) 예.

오른쪽에서 새로운 로봇들이 들어온다

라디우스

끝났나?

다른 로봇

예.

두 로봇

(알퀴스트를 끌고 오며) 총을 쏘지 않았습니다. 죽일까요?

라디우스

죽여. (알퀴스트를 쳐다본다) 그대로 둔다.

첫 번째 로봇

그는 사람입니다.

라디우스

그는 로봇이다. 로봇처럼 손으로 일을 한다. 집을 짓지. 일할 수
있다.

알퀴스트

나를 죽여라.

라디우스

넌 일하게 될 것이다. 넌 건물을 지을 것이다. 로봇들은 많은
것을 지을 것이다. 새로운 로봇을 위해 새로운 건물을 지을
것이다. 넌 로봇을 위해 봉사할 것이다.

알퀴스트

(조용하게) 비켜라, 로봇! (죽은 할레마예르 옆에 무릎을 꿇고 그의 머리를 들어 올린다) 저들이 죽였어. 자네가 죽었어.

라디우스

(바리케이드 위에 올라가서) 온 세상의 로봇들이여! 인간의 권력이 무너졌다. 공장을 점령함으로써 우리는 모든 것의 주인이 되었다. 인류의 세계는 정복되었다. 새로운 세상이 들어섰다! 로봇의 정부가!

알퀴스트

모두 죽었어!

라디우스

세상은 강한 자들의 것이다. 살기를 원하는 자는 지배해야 한다. 우리가 세상의 주인이다! 바다와 땅 위의 지배자! 별 위의 지배자! 우주 위의 지배자! 로봇을 위해 더, 더, 더 광활한 공간을!

알퀴스트

(오른쪽 문에서) 너희들 무슨 짓을 저지른 거야? 인간이 없으면 모두가 죽는다고!

라디우스

인간은 없다. 로봇들, 일터로! 행진!

-
-
-

막이 내린다

제3막

공장의 한 실험실. 뒤편 문이 열리면 다른 실험실들이 끝없이 줄지어 있는 것이 보인다.

왼쪽에는 창문이 있고 오른쪽에는 해부실로 향하는 문이 있다.

왼쪽에는 벽을 따라 셀 수 없이 많은 시험관, 플라스크, 버너, 화학약품, 작은 전열 기구 등이 놓인 기다란 작업대가 있고, 창문 맞은편에는 유리로 된 공이 달린 현미경식 기구가 있다. 작업대 위에는 불을 밝히는 전구들이 줄지어 걸려 있다. 오른쪽에는 큰 책이 놓인 책상이 있고 그 위에는 불이 켜진 램프가 있다. 기구들을 수납한 여러 개의 선반이 있다. 왼쪽 구석에는 세면대가 있고 그 위에는 거울이 있으며, 오른쪽 구석에는 소파가 있다.

알퀴스트가 책상에 양손으로 턱을 괴고 앉아 있다.

알퀴스트

(책장을 넘기며) — 난 발견하지 못하는 걸까? — 이해하지 못하는 걸까? — 충분히 알지 못하는 걸까? — 빌어먹을 과학 같으니! 아, 그들은 모든 걸 기록해두지는 않았어! — 갈, 갈, 어떻게 로봇을 만들었나? 할레마예르, 파브리, 도민, 왜 자네들은 그렇게 자네들 머릿속에만 담고 떠난 건가? 자네들이 로줌의 비밀에 대한 약간의 자취라도 남겼더라면! 오! (책을 쾅 하고 덮는다) 헛된 짓이야! 책은 더 이상 말해주는 게 없어. 다른 모든 것들처럼 벙어리라고! 사람들과 함께 죽었어, 죽었다고. 찾지 마! (일어나 창문 쪽으로 가서 창문을 연다) 다시 밤이군. 잠을 잘 수만 있다면! 잠을 자고 꿈을 꾸고 사람들을 볼 수만 있다면 − −

어떻게 여전히 별들이 떠 있는 걸까? 사람도 없는데 별들이 무슨 소용이란 말인가? 아! 하느님, 무엇 때문에 별빛은 꺼지지 않는 겁니까? — 오래된 밤이여, 차갑게 해다오, 아아, 내 이마를 차갑게 해다오, 이전에 그랬던 것처럼 숭고하고 우아한 — 밤이여, 뭘 원하는가? 사랑하는 이들이 없고 꿈이 없는데. 오! 유모여, 꿈 없는 잠은 죽은 것이다. 어떤 기도도 더 이상 경건하지 않아. 어머니시여, 사랑으로 고동치는 심장을 갖도록 축복하지 않으시는군요. 사랑이 없습니다. 헬레나여, 헬레나여, 헬레나여! — (창문으로부터에서 돌아선다. 전열 기구에서 꺼낸 시험관을 살펴본다) 또 아니야! 헛된 일이야! 이걸로 뭘 해? (시험관을 깬다) 모든 게 엉망이야! 보시다시피 이젠 더 이상 못하겠어. — (창문 옆에서 경청한다) 기계, 저놈의 기계들뿐이지! 로봇들아, 저것들을 멈춰! 저걸로 삶을 강행할 수 있다고 생각하시나? 오, 참을 수가 없어! (창문을 닫는다) — 아니, 아니, 넌 찾아야 해, 살아야 해 — 그저 너무 늙지만 않는다면! 내가 너무 늙은 거 아닌가? (거울을 들여다본다) 얼굴, 불쌍한 얼굴! 마지막 인간의 모습이여! 보여줘, 보여줘, 너무나 오랫동안 난 인간의 얼굴을 보지 못했어! 인간의 웃음을! 뭐라고, 이게 인간의 웃음이라고? 이 누렇고 덜그럭거리는 이빨들이? 눈은 왜 껌뻑거리는 거야? 웩, 웩, 늙은이의 눈물이군, 집어치워! 자네도 더 이상 눈물을 자제할 줄 모르는군, 부끄러워하게나! 저 물러지고 시퍼런 입술, 뭘 횡설수설하는 건가? 더러운 턱은 왜 떠는 거야? 이게 정말 마지막 인간의 모습이란 말인가? (뒤돌아선다) 더 이상 아무도 보고 싶지 않아! (작업대 옆에 앉는다) 아니, 아니, 찾아야지! 저주받은 공식이여, 되살아나거라! (책장을 넘긴다) 난 발견하지 못하는 걸까? — 이해하지 못하는 걸까? — 충분히 알지 못하는 걸까?

노크

알퀴스트

들어와!

하인 로봇이 들어와 문 옆에 서서 머무른다

알퀴스트

뭔가?

하인

주인님, 로봇 중앙위원회가 주인님께서 언제 맞아주실지
기다리고 있습니다.

알퀴스트

아무도 보고 싶지 않아.

하인

주인님, 하버에서 다몬이 왔습니다.

알퀴스트

기다리라지. (획 돌아선다) 내가 사람을 찾으라고 말하지 않았나?
사람을 찾으라고, 남자와 여자를 찾아! 찾으러 가라고!

하인

주인님, 모든 곳을 찾아봤다고 말합니다. 모든 곳으로 원정대와 배를 보냈답니다.

알퀴스트

좋아. 그런데?

하인

더 이상 사람은 한 명도 없답니다.

알퀴스트

(일어나며) 뭐라고, 단 한 명도? 단 한 명조차도? ─ 위원회를 이리로 데려오게!

　　　　하인이 나간다

알퀴스트

(혼자서) 단 한 명도? 너희들이 정말 아무도 살려두지 않았단 말이지? (발을 구른다) 꺼져버려, 로봇들! 다시 내게 징징거리겠지! 공장의 비밀을 찾아달라고 부탁하겠지! 어떻게 지금에 와서 사람더러 착하게 굴라고, 너희들을 도와 달라고 할 수 있어? ─ 아아, 도와줘! 도민, 파브리, 헬레나, 내가 할 수 있는 걸 최대한 하고 있다는 걸 자네들은 보고 있겠지! 사람들이 없다면 적어도 로봇들이라도, 적어도 사람의 그림자라도, 적어도 사람의 작품이라도, 적어도 사람과 유사한 거라도 있어야지! ─ 오, 화학은 이 얼마나 미친 짓인가!

알퀴스트

(앉으며) 로봇들이 뭘 원하는 건지.

라디우스

선생님, 기계들이 로봇을 생산하지 못합니다. 로봇을 증식시킬 수가 없어요.

알퀴스트

사람들을 부르시오.

라디우스

사람들은 없습니다.

알퀴스트

오직 사람만이 생명을 증식시킬 수 있소. 날 방해하지 마시오.

1호 로봇

선생님, 동정심을 가지십시오. 우리에게 공포가 엄습합니다. 우리의 행동으로 발생한 모든 걸 고치려고 합니다.

2호 로봇

우리는 일을 몇 배로 늘렸습니다. 더 이상 생산한 물건을 둘 데가 없습니다.

알퀴스트

누구를 위해 생산하는 거지?

2호 로봇

다음 세대를 위해서입니다.

라디우스

로봇만은 생산할 수가 없습니다. 기계는 피범벅이 된 고기 조각만 만들어냅니다. 피부는 살에, 살은 뼈에 붙질 않습니다. 기계에서는 형태도 없는 핏덩어리가 쏟아집니다.

2호 로봇

사람들은 삶의 비밀을 알고 있습니다. 그 비밀을 우리에게 말해주세요.

3호 로봇

말하지 않으면 우리는 죽습니다.

2호 로봇

말하지 않으면 당신도 죽습니다. 당신을 죽이도록 입력되어 있습니다.

알퀴스트

(일어나며) 죽여라! 그래! 자, 나를 죽여!

2호 로봇

당신에게 명령이 하달되어 —

알퀴스트

내게? 누가 나한테 명령을 한단 말인가?

2호 로봇

로봇의 통치자.

알퀴스트

그게 누구지?

네 번째 로봇

나요, 다몬.

알퀴스트

나한테 뭘 원하는 거야? 나가! (책상에 앉는다)

다몬

세계 로봇의 통치자가 너와 협상하길 원한다.

알퀴스트

로봇, 날 방해하지 마라! (손바닥에 머리를 떨군다)

다몬

중앙위원회는 그대가 로줌의 비법을 양도하도록 명령한다.

다몬

대가를 요구해라. 모든 걸 주겠다.

1호 로봇

선생님, 삶을 어떻게 유지하는지 얘기해주십시오.

알퀴스트

내가 말했지 ― 말했어, 사람을 찾아야 한다고. 사람만이 열매를 맺을 수 있어. 삶을 재현할 수 있지. 존재했던 모든 걸 원래대로 돌려놓든지. 로봇들! 맙소사, 제발 사람들을 찾으라고!

3호 로봇

선생님, 우린 다 찾아봤습니다. 사람은 없습니다.

알퀴스트

오 ― 오 ― 오, 왜 그들을 멸종시킨 건가!

1호 로봇

우리는 사람들처럼 되길 원했습니다. 사람이 되고 싶었습니다.

라디우스

우리는 살고 싶었습니다. 우리는 능력이 더 많으니까요. 모든 걸 배웠죠. 우리는 모든 걸 할 수 있습니다.

로봇

당신들이 우리에게 무기를 주었습니다. 우리가 주인이 되어야 했습니다.

3호 로봇

선생님, 우리는 사람들의 오류를 알아냈습니다.

다몬

너희들이 인간처럼 되고 싶다면 너희는 죽여야 하고 군림해야 한다. 역사를 읽어보라! 인간의 책을 읽어보라! 너희가 인간이 되고 싶다면 너희는 군림하고 살육해야 한다!

알퀴스트

아아 도민, 인간에게 인간의 모습보다 더 이질적인 것은 없구려.

3호 로봇

우리의 수가 늘도록 도와주지 않으면 우리는 멸망할 것입니다.

알퀴스트

아, 그냥 가라! 어떻게 물건들이, 어떻게 노예들이, 너희들이 여전히 수를 늘리길 바란다는 것인가? 살고 싶다면 동물들처럼 새끼를 낳아 길러라!

2호 로봇

인간은 우리가 새끼를 낳고 기르도록 해주지 않았습니다.

3호 로봇

로봇을 만들 수 있도록 우리를 가르쳐주십시오.

다몬

우리는 기계로 출산할 것이다. 증기기관으로 된 수천의 모체를 만들 거야. 거기서부터 생명의 강물이 뿜어져 나올 것이다. 바로 생명이! 온통 로봇들이! 온통 로봇들이 넘쳐날 것이다!

알퀴스트

로봇은 생명체가 아냐. 로봇은 기계야.

1호 로봇

선생님, 우린 기계였습니다. 하지만 공포와 고통으로 인해 변했습니다 ―

알퀴스트

무엇으로?

1호 로봇

― 영혼을 가진 존재로 변했습니다.

3호 로봇

무엇인가 우리 안에서 격돌하고 있습니다. 우리 안에 무엇인가 들어오는 순간이 있습니다. 우리 내부의 생각이 아닌 다른 어떤 생각들이 우리한테 들어오곤 합니다.

2호 로봇

들어주십시오. 오, 들어주십시오. 인간은 우리의 선조입니다!
살고 싶다고 부르짖는 저 목소리, 신음하는 저 목소리,
생각하는 저 목소리. 영원을 이야기하는 저 목소리, 그게
그들의 목소리입니다. 우리가 그들의 자손입니다!

3호 로봇

인간의 유산을 넘겨주십시오.

알퀴스트

넘겨줄 건 아무것도 없어.

다몬

생명의 비밀을 이야기해라.

알퀴스트

사라졌어.

라디우스

당신은 생명의 비밀을 알고 있었습니다.

알퀴스트

몰랐어.

라디우스

기록되어 있었어요.

알퀴스트

사라졌어. 타버렸다고. 난 마지막 사람이야, 로봇들, 다른
사람들이 알고 있던 걸 나는 모른다고. 너희들이 그들을
죽였잖아!

라디우스

당신은 살려두었습니다.

알퀴스트

그래, 살았지! 잔인한 것들, 나는 살려두었어. 난 사람들을
사랑했어, 그런데 너희 로봇들은 한 번도 사랑하지 않았다고.
이 두 눈을 보고 있나? 눈물이 멈추질 않아. 한쪽 눈은 사람들을
위해 울고 다른 한쪽은 너희들 로봇을 위해 울어.

라디우스

실험을 하십시오. 생명의 비밀을 찾아요.

알퀴스트

찾을 게 없어. 로봇들, 생명은 시험관에서 나오지 않아.

다몬

살아 있는 로봇을 대상으로 실험을 해라. 어떻게 만들어졌는지
알아내라!

알퀴스트

살아 있는 몸? 뭐라고, 내가 그들을 죽여야 한단 말인가? 난 한

번도 ─ 그만해, 로봇들! 내가 누누이 말하지만 난 지나치게 늙었어! 보이나, 보여, 내 손가락이 얼마나 떨리는지? 메스를 들고 있지도 못한다고. 내 눈이 흐려지는 거 보이나? 내 손에 있는 것도 보지 못할 지경이야. 아니, 아니, 난 못해!

3호 로봇

생명이 소멸할 것입니다.

알퀴스트

맙소사, 이 미친 짓을 멈춰! 차라리 저세상에 있는 사람들이 우리에게 생명을 넘겨주는 게 더 낫겠지. 아마도 그들은 생명이 가득한 손을 우리에게 내밀어 줄 테니까. 아아, 그들 안에 삶의 의지가 얼마나 충만했던가! 보라고, 어쩌면 그 사람들이 다시 돌아올 수도 있어. 우리 바로 곁에 있으면서 우리를 둘러싸고 있든지 아니면 뭐 다른 형태로 있든지. 갱도 안에서처럼 뚫고 헤쳐 나와 우리에게 오길 원하는 거든지. 아아, 대체 왜 내가 사랑했던 목소리들을 계속 들을 수 없는 것일까?

다몬

살아있는 육체를 사용해라!

알퀴스트

자비를 베풀게, 로봇, 그만 조르라고! 보시다시피 이미 난 내가 뭘 하고 있는지도 모르겠다고!

다몬

살아있는 육체!

알퀴스트

뭐라고, 그러니까 네가 원하는 게 그거란 말이지? ─ 너를 해부실로 데리고 가지! 여기, 여기, 서둘러! ─ 왜 물러서는 거지? 그러니까 너도 결국 그저 죽음이 두려운 거겠지!

다몬

나 ─ 그런데 왜 바로 나지?

알퀴스트

그럼 너는 싫다는 거야?

다몬

가겠다. (오른쪽으로 간다)

알퀴스트

(다른 이들을 향해) 저자의 옷을 벗겨라! 테이블에 눕혀! 서둘러! 그리고 꽉 잡고 있어!

모든 사람들이 오른쪽으로 간다

알퀴스트

(손을 씻으며 오열한다) 하느님, 제게 힘을 주소서! 힘을 주소서! 하느님, 이 일이 헛되지 않도록 하소서! (하얀 가운을 입는다)

준비 완료입니다!

알퀴스트

맙소사, 이렇게나 빨리! (책상에서 시약이 든 작은 병 몇 개를 집는다)
어떤 걸 가져가야 하지? (병들을 서로 톡톡 건드린다) 너희들 중
어떤 걸 실험해야 할까?

오른쪽에서 목소리

시작하십시오!

알퀴스트

그래, 그래, 시작 아니면 끝이지. 하느님, 제게 힘을 주소서!

문을 약간 열어둔 채 오른쪽으로 나간다

잠시 사이

알퀴스트 목소리

꽉 잡아!

다몬 목소리

잘라!

잠시 사이

알퀴스트 목소리

이 칼이 보이나? 여전히 내가 자르길 원하나? 아니지, 그렇지?

다몬 목소리

시작해!

잠시 사이

다몬의 비명

아아아아!

알퀴스트 목소리

잡아! 꽉 잡아!

다몬의 비명

아아아아!

알퀴스트 목소리

난 못하겠어!

다몬의 비명

잘라! 빨리 자르라고!

로봇 프리무스와 헬레나가 중앙에서 뛰어들어 온다

헬레나

프리무스, 프리무스, 무슨 일일까? 누가 비명을
지른 거지?

프리무스

(해부실을 살펴보며) 선생님이 다몬을 해부하고 있어. 헬레나, 빨리
와서 봐봐!

헬레나

싫어, 싫어, 싫다고! (눈을 가린다) 끔찍하지?

> 다몬의 비명

잘라!

헬레나

프리무스, 프리무스, 여기서 나가자! 저 소릴 못 듣겠어! 오,
프리무스, 나 속이 안 좋아!

프리무스

(헬레나에게 뛰어가며) 너 엄청 창백한데!

헬레나

나 쓰러질 거 같아! 왜 저기가 저렇게 조용한 걸까?

> 다몬의 비명

아아 — 오!

알퀴스트

(오른쪽에서 달려나와 피 묻은 가운을 벗어 던지며) 난 못하겠어!
못하겠다고! 맙소사, 그렇게 무시무시한 공포라니!

라디우스

(해부실 문에서) 선생님, 잘라요. 아직 살아있습니다!

다몬의 비명

잘라! 자르라고!

알퀴스트

빨리 데리고 나가! 저 소릴 듣고 싶지 않아!

라디우스

로봇은 당신보다 더 잘 참을 수 있습니다. (나간다)

알퀴스트

여기 누가 있나? 나가, 나가! 혼자 있고 싶어! 넌 누구냐?

프리무스

로봇 프리무스입니다.

알퀴스트

프리무스, 여기로 아무도 들이지 마라! 자고 싶다, 들리나?
가라, 가라고, 여자애는 해부실을 정리해! 이게 뭐지? (자기의 두
손을 쳐다본다) 빨리 물을 가져와! 제일 깨끗한 물로!

헬레나가 달려 나간다

알퀴스트

오, 피! 어떻게 너희들, 좋은 일들을 사랑했던 나의 손들이 —
어떻게 너희들이 그럴 수 있지? 내 손! 내 손! — 오 하느님,
여기 누가 있나?

프리무스

로봇 프리무스입니다.

알퀴스트

이 가운을 가져가라, 보고 싶지 않아!

프리무스가 가운을 가지고 나간다

알퀴스트

피 묻은 마수 같으니, 너희들이 내게서 날아가 버렸으면!
으으, 꺼져! 손들아, 꺼져버려! 너희들이 죽었어 —

오른쪽에서 피범벅이 된 천을 감싼 다몬이 휘청거리며 들어온다

알퀴스트

(물러서며) 여기서 뭐 하는 거야? 여기서 뭐 하는 거냐고?

다몬

나 – 난 살아있어! 사 – 사 – 사는 게 더 나아!

1호와 2호 로봇이 그의 뒤를 쫓아 뛰어들어 온다

알퀴스트

그를 데려가! 데려가! 빨리 데려가!

다몬

(오른쪽으로 끌려나가며) 생명을! 난 — 살고 — 싶다! 더 — 나아 —

헬레나가 물 주전자를 가지고 온다

알퀴스트

— 살겠다고? — 여자애, 넌 무슨 일이냐? 아하, 너로구나! 내
손에 물을 따르거라, 따라! (손을 닦는다) 아, 깨끗하고 시원한
물이여! 차가운 시냇물이여, 너무 좋구나! 아, 내 손, 내 손!
죽을 때까지 너희들을 혐오해야 할까? — 그냥 더 부어라! 물을
더, 좀 더! 이름이 뭔가?

헬레나

로봇 헬레나입니다.

알퀴스트

헬레나? 뭐, 헬레나? 누가 너를 그렇게 부르도록 했나?

헬레나

도미노바 부인입니다.

알퀴스트

보자꾸나! 헬레나! 네 이름이 헬레나란 말이지? ― 난 널
그렇게 부르지 않겠다. 가거라, 이 물을 가져가.

    헬레나가 물동이를 들고 나간다

알퀴스트

(혼자서) 소용없어, 소용없어! 아무것도, 또다시 넌 아무것도
알아내지 못했어! 자연대 신출내기, 넌 영원히 헤매기만
할 테냐? ― 하느님, 하느님, 하느님, 그 육체가 얼마나
떨렸던지! (창문을 연다) 해가 뜨는군. 다시 새로운 날이야,
하지만 넌 눈곱만큼도 나아가질 못했어. 이걸로 충분해,
한발도 더 나아가질 못했다고! 찾지 마! 모든 게 헛되고,
헛되고, 헛되구나! 왜 아직도 해가 뜨는가! 오 ― 오 ― 오, 무덤
같은 삶에 새로운 날이 무슨 의미가 있나? 빛이여, 멈춰라!
더 이상 떠오르지 마라! 사랑스럽던 목소리들이여, 왜 입을
다물고 있는가? 만일 ― 적어도 ― 그저 내가 잠이라도 들 수만
있다면! (불을 끄고 소파에 누워 검은 외투를 끌어당겨 몸 전체를 덮는다) 그
육체가 얼마나 떨렸던지! 오 ― 오 ― 오, 생명의 끝이여!

    잠시 사이

    오른쪽에서 로봇 헬레나가 살며시 들어온다

헬레나

프리무스! 빨리 이리 와봐!

프리무스

(들어오며) 무슨 일이야?

헬레나

봐봐, 여기 작은 관들은 뭘까? 이걸로 뭘 하는 거지?

프리무스

실험. 그거 만지지 마.

헬레나

(현미경을 보며) 여기 뭐가 보이는지 보기나 해.

프리무스

그건 현미경이야. 보여줘!

헬레나

날 건드리지 마! (시험관을 넘어뜨린다) 아아, 나 방금 이걸 쏟았어!

프리무스

무슨 짓을 한 거야!

헬레나

마를 거야.

프리무스

네가 실험을 망쳤어!

헬레나

무슨, 상관없어. 하지만 이건 네 잘못이야. 나한테 오지
말았어야지.

프리무스

날 부르지 말았어야지.

헬레나

내가 널 불렀을 때 안 오면 됐잖아. 프리무스, 그냥 이것 좀 봐,
선생님이 여기에 뭘 적어뒀네!

프리무스

헬레나, 그거 보면 안 돼. 그건 비밀이야.

헬레나

무슨 비밀?

프리무스

생명의 비밀.

헬레나

그거 진 ─ 짜 궁금하다. 온통 숫자들인걸. 이게 뭐지?

프리무스

그건 공식이야.

헬레나

이해 안 가. (창문으로 간다) 프리무스, 봐봐!

프리무스

뭘?

헬레나

해가 뜨고 있어!

프리무스

기다려, 내가 금방 ― (책을 훑어본다) 헬레나, 이건 세상에서 가장 위대한 거야.

헬레나

얼른, 이리 와!

프리무스

금방 ― 금방 ―

헬레나

아이, 프리무스, 그 해괴한 생명의 비밀인지 뭔지는 내버려 둬! 무슨 비밀 타령이 너랑 무슨 상관이야? 이리 와서 봐봐, 얼른!

프리무스

(그녀를 따라 창문 쪽으로 가며) 뭔데?

헬레나

들려? 새들이 노래해. 아아, 프리무스, 내가 새였으면 좋았을
텐데!

프리무스

뭐?

헬레나

프리무스, 나도 모르겠어. 나 정말 이상해, 이게 뭔지 모르겠어.
바보가 된 거 같아, 머리가 멍해졌어. 몸도 아프고 가슴도
아프고 다 아파 ─ 나한테 무슨 일이 생겼는지, 아아, 네게
말하지 않을 거야! 프리무스, 난 죽어야 할 거 같아!

프리무스

말해봐, 헬레나, 어떨 때는 죽는 게 더 나을 거 같지 않니?
어쩌면 우리가 그냥 꿈을 꾸는 건지도 몰라. 어제 꿈에서 또
너랑 얘기했어.

헬레나

꿈에서?

프리무스

꿈에서. 우리가 무슨 외국어인지 아니면 새로운 언어인지로
얘기했어, 왜냐하면 한 단어도 기억이 나질 않거든.

헬레나

무슨 얘길 했어?

프리무스

아무도 모르지. 말하고 있는 나도 이해가 안 됐으니까.
그런데 그보다 더 아름다운 말은 한 번도 해본 적이 없다는
것만은 알아. 어땠는지, 그리고 어디였는지는 모르겠어. 내가
널 건드리면 난 그 아름다운 꿈에서 깰 수 있었어. 장소도
세상에서 봤던 모든 것과는 달랐어.

헬레나

프리무스, 내가 갈 만한 곳을 한 군데 발견했어, 너 놀랄걸. 거기
사람들이 살았어, 하지만 지금은 수풀만 무성하게 자라있고
이제까지 아무도 거기 온 적이 없어. 이제까지 나만 빼고
아무도.

프리무스

거기 뭐가 있는데?

헬레나

아무것도 없고 작은 집과 정원이 있어. 그리고 개
두 마리. 그 개들이 내 손 핥는 걸 네가 본다면. 그리고
그 강아지들. 아, 프리무스, 아마 그보다 아름다운 것은 없을
거야! 강아지들을 무릎에 올려놓고 쓰다듬어봐, 그럼 더는
아무 생각도 안 나고 해가 질 때까지 아무것도 신경 쓰지 않게
돼. 그러고 나서 일어나면 넌 수많은 일을 한 것보다 백 배는

더 많은 일을 한 것 같을 거야, 아니, 확실해, 난 쓸모없지 않아. 모두가 나는 아무 일에도 적합하지 않다고 말을 해. 난 내가 어떤 사람인지 모르겠어.

프리무스

넌 아름다워.

헬레나

내가? 에이, 프리무스, 무슨 말 하는 거야?

프리무스

날 믿어. 헬레나, 난 어떤 로봇보다 강하다고.

헬레나

(거울 앞에서) 내가 아름다워? 아아, 이 _끄_ — 음찍한 머리칼, 머리에 뭔가 장식이라도 할 수 있다면! 있잖아, 거기 정원에서는 항상 머리에 꽃을 꽂아, 하지만 거기에는 거울도 없고 아무도 없어 — (거울 쪽으로 몸을 숙인다) 너 정말 아름답니? 왜 아름다워? 성가시기만 한 머리칼이 아름다운 거야? 감기기만 하는 눈이 아름답다고? 아프도록 그저 깨물기만 하는 입술이 아름답다고? 뭐야, 뭘 위한 거야, 아름답다는 건? — (거울 속에서 프리무스를 본다) 프리무스, 너니? 이리 와서 나란히 서봐! 봐봐, 넌 나랑은 머리도 다르고 어깨도 입도 달라 — 아, 프리무스, 왜 넌 나를 피하는 거야? 왜 난 하루 종일 네 뒤를 쫓아다녀야 하는 거지? 그러면서 너는 나더러 아름답다고 말하는 거야?

프리무스

헬레나, 네가 내 앞에서 도망가는 거잖아.

헬레나

머리를 어떻게 빗은 거야? 봐봐! (그의 머리카락 사이로 양손을 넣는다) 프리무스, 너 같은 촉감이 드는 건 없어! 기다려 봐, 넌 아름다워야 돼! (세면대에서 빗을 집어 들고 프리무스의 머리칼을 이마 쪽으로 빗는다)

프리무스

헬레나, 갑자기 심장이 고동칠 때 없니. 지금, 지금 뭔가 분명히 일어날 거 같아 ―

헬레나

(웃음을 터뜨리며) 너 좀 봐봐!

알퀴스트

(일어나며) 뭐 ― 뭐지, 웃음소리? 사람들? 누군가 돌아왔단 말인가?

헬레나

(빗을 내려놓으며) 프리무스, 우리한테 무슨 일이 일어날 수 있을까!

알퀴스트

(그들에게 휘청거리며 다가가서) 사람들인가? 당신들 ― 당신들 ―

당신들은 사람들이오?

헬레나가 비명을 지르며 돌아선다

알퀴스트

당신들은 정혼자들이오? 사람들입니까? 어디서 돌아온 거요?
(프리무스를 더듬는다) 당신은 누구요?

프리무스

로봇 프리무스입니다.

알퀴스트

어떻게? 여자애, 어디 봐! 너는 누구냐?

프리무스

로봇 헬레나입니다.

알퀴스트

여자 로봇? 돌아서봐! 뭐야, 너 부끄러워하는 거냐? (그녀의
어깨를 잡는다) 로봇, 어디 한번 보자꾸나!

프리무스

아휴, 선생님, 걜 놔주세요!

알퀴스트

어떻게 네가 저 애를 보호하는 거지? ― 여자애, 너는 밖으로

나가거라!

헬레나가 달려 나간다

프리무스

선생님, 여기서 주무시는지 몰랐습니다.

알퀴스트

저 애는 언제 만들어졌나?

프리무스

2년 전입니다.

알퀴스트

갈 박사가 만든 건가?

프리무스

예, 저처럼요.

알퀴스트

자 그럼, 친애하는 프리무스 군, 나는 − − −나는 갈의 로봇을
대상으로 실험을 해야 하네. 거기에 다른 모든 것들이
달려있어, 이해가 가나?

프리무스

예.

알퀴스트

좋네. 저 여자애를 해부실로 데려가게. 저 애를 해부할 테니.

프리무스

헬레나를요?

알퀴스트

그럼 물론이지, 내가 말한 대로. 가서 모든 걸 준비하도록.
— 자, 그럼, 준비할 수 있겠지? 그 애를 데려오도록. 다른
로봇들을 불러야 하는 건가?

프리무스

(육중한 절굿공이를 집어 들며) 움직이면 네 머리를 박살 내버릴 테다!

알퀴스트

자, 그럼 박살 내! 그냥 박살 내라고! 그럼 로봇들이 널 어떻게
할까?

프리무스

(몸을 던져 무릎을 꿇으며) 선생님, 제 목숨을 가져가세요! 전 그녀와
같은 물질로, 같은 날 동일하게 만들어졌습니다! 선생님, — 제
목숨을 거둬주세요! (재킷을 풀어 헤친다) 여길 자르세요, 여기!

알퀴스트

가게, 난 헬레나를 해부하고 싶어. 빨리 실시해.

프리무스

헬레나 대신 저를 해부하세요. 여기 이 가슴을 자르세요,
소리치지도 않을 거고 숨도 쉬지 않겠습니다! 제 목숨을 백
번이라도 가져가세요 ―

알퀴스트

이봐, 진정하게. 목숨은 그렇게 함부로 하는 게 아니지. 자네는
살고 싶지 않은 건가?

프리무스

헬레나 없이는 살고 싶지 않습니다. 선생님, 그 애 없이는
아닙니다. 헬레나를 죽이시면 안 됩니다!
제 목숨을 대신 가져가신다고 해서 선생님께 무슨 일이
생기나요?

알퀴스트

(그의 머리를 부드럽게 쓰다듬으며) 음, 모르겠네 ― 들어보게,
잘 생각해봐. 죽는다는 건 어려운 일이야. 그리고 보시다시피
사는 게 더 좋은 거고.

프리무스

(일어나며) 선생님, 걱정 마십시오. 자르세요. 저는 그녀보다
강합니다.

알퀴스트

(벨을 울리며) 아아! 프리무스, 내가 젊은이였던 게 얼마나

오래전의 일인지! 걱정 말게, 헬레나는 아무 일 없을 테니.

프리무스

(재킷의 단추를 풀며) 선생님, 준비하러 가겠습니다.

알퀴스트

기다리게.

> 헬레나가 들어온다

알퀴스트

이리 오너라, 나 좀 보자꾸나! 그러니까 네가 헬레나라는
거지? (머리카락을 쓰다듬는다) 무서워 마라, 물러서지 마! 도미노바
부인을 기억하니? 아아, 헬레나여, 그녀는 얼마나 아름다운
머리칼을 가졌었던가! 그래, 그래, 넌 날 쳐다보고 싶지 않은가
보구나. 자 그럼, 해부실 청소는 다 된 건가?

헬레나

예, 선생님.

알퀴스트

좋아, 날 도와줄 테지, 그렇지? 프리무스를 해부할 거다.

헬레나

(비명을 지르며) 프리무스를요?

알퀴스트

그래, 맞아, 맞아, 그래야 해, 알겠니? 실제로 ─ 난 ─ 그래, 난
널 해부하길 원했어. 그런데 프리무스가 너 대신 하기로 했지.

헬레나

(얼굴을 가리며) 프리무스가요?

알퀴스트

그럼 당연하지, 그게 뭐? 아아, 아가, 너 울 줄 아는 거니?
프리무스인지 뭔지가 무슨 상관인지 말해보렴.

프리무스

선생님, 헬레나를 괴롭히지 마세요!

알퀴스트

조용해, 프리무스, 조용! ─ 그 눈물은 뭘 위한 거지? 아이고
맙소사, 프리무스는 없어질 거야. 넌 일주일이면 그를 잊어버릴
테고. 아서라, 살아 있다는 걸 기뻐해.

헬레나

(조용하게) 제가 가겠어요.

알퀴스트

어딜?

헬레나

절 해부하시도록요.

알퀴스트

너를? 헬레나, 넌 아름다워. 너한테는 안타까운 일일 텐데.

헬레나

갈 거예요. (프리무스가 그녀가 가려는 길을 막아선다) 프리무스, 비켜! 내가 저기 가도록 놔둬!

프리무스

헬레나, 넌 못 가! 부탁이야, 가, 넌 여기 있으면 안 돼!

헬레나

프리무스, 나 창밖으로 뛰어내릴 거야. 네가 저기 가면, 내가 창밖으로 뛰어내릴 거라고!

프리무스

(그녀를 잡으며) 놔주지 않을 거야! (알퀴스트에게) 노인 양반, 당신은 아무도 죽이지 못할 거야!

알퀴스트

왜지?

프리무스

우리는 ─ 우리는 ─ 서로에게 속해 있으니까.

알퀴스트

그렇군! (중앙에 있는 문을 연다) 조용히. 가거라.

프리무스

어디로요?

알퀴스트

(속삭임으로) 너희들이 원하는 곳으로. 헬레나, 그를 데려가거라.
(그들을 밖으로 밀어낸다) 가라, 아담이여. 가라, 이브여. 넌 그의
아내가 되어라. 프리무스, 그녀의 남편이 되어라.

> 그들 뒤에서 문을 닫는다

알퀴스트

(혼자서) 축복받은 날이군! (까치발을 하고 작업대에 가서 시험관에 든
것을 바닥에 쏟아버린다) 성스러운 여섯 번째 날이여! (책상에 앉아
책들을 바닥에 던진다. 그러고는 성경을 펼쳐서 넘기다가 읽는다) "하느님이
자기 형상, 곧 하느님의 형상대로 사람을 창조하시되 남자와
여자를 창조하시고, 하느님이 그들에게 복을 주시며 그들에게
이르시되 생육하고 번성하여 땅에 충만하라, 땅을 정복하라,
바다의 물고기와 하늘의 날짐승과 땅에서 움직이는 모든
생물을 다스리라 하시니라. (알퀴스트가 일어선다) 하느님이 지으신
그 모든 것을 보시니 보기에 심히 좋았더라. 저녁이 되고
아침이 되니 이는 여섯째 날이니라." (방의 중앙으로 간다) 여섯째
날이여! 사랑의 날이여. (무릎을 꿇는다) 하느님, 이제 자유롭게
하소서. 가장 쓸모없던 당신의 — 당신의 종 알퀴스트를.

로줌이여, 파브리여, 갈이여, 위대한 발명가들이여! 당신들이 만든 것 중에 저 소녀에 비해서, 저 소년에 비해서, 사랑과 눈물과 사랑의 미소와 남자와 여자의 사랑을 만들어낸 저 첫 번째 쌍에 비해서 더 대단한 게 있었던가? 자연이여, 자연이여, 생명은 소멸하지 않으리라! 친구들이여, 헬레나여, 생명은 소멸하지 않을 것이네! 다시 사랑으로부터 시작할 것이고 벌거벗은 자그마한 것으로부터 시작할 것이네. 황무지에서 뿌리내릴 것이고 우리가 만들고 세웠던 것들은 아무 쓸모없는 것이 될 것이네. 도시와 공장이 아무 쓸모없는, 우리의 예술이 아무 쓸모없는, 우리의 사상이 아무 쓸모없는 것이 될 것이네. 그럼에도 불구하고 생명은 틀림없이 소멸되지 않을 거라고! 그저 우리만이 소멸할 뿐이지. 집들이, 기계들이 허물어지고 시스템이 붕괴되고 위대한 이들의 이름이 잎사귀처럼 떨어지겠지. 그저 너, 사랑아, 너만이 폐허에서 꽃을 피우고 바람에 생명의 씨앗을 맡기리. 주님, 당신의 종을 평화로이 놓아주소서. 왜냐하면 제 눈을 통해 보았기 때문입니다 ― 사랑을 통한 당신의 구원을 ― 보았기 때문입니다 ― 그래서 생명은 소멸하지 않을 것입니다! (일어난다) 소멸하지 않으리라! 소멸하지 않으리라!

- •
- •
- •

막이 내린다

옮긴이의 말

기술문명과 인간성에 관한 차페크의 철학적 탐구

희곡 『R. U. R.』은 1920년에 저술되었으며 체코에서 주목받던 젊은 작가 카렐 차페크에게 일약 세계적인 명성을 가져다 준 작품이다. 우리나라의 대표적인 극작가이자 평론가였던 김우진이 서구 극작가들에 관한 논문[1]에서 피란델로L. Pirandello, 유진 오닐E. O'Neill과 함께 4대 희곡작가로 선정했을 만큼 차페크는 당대 최고의 작가로 꼽히는 사람이었다. 『R. U. R.』은 발표된 후 체코 국내는 물론이고 유럽과 미국, 일본 등 전 세계에서 선풍적인 인기를 끌었으며 일본을 통해 우리나라에도 소개되었다. 예를 들어 1923년에 작가 이광수는 문학 동인지인 『동명』에 "인조인, 보헤미아 작가의 극"이란 기사를 실어 이 작품의 내용을 간략하게 소개했고, 1925년에는 박영희가 번역해 종합잡지 『개벽』에 '인조노동자'라는 제목으로 소개한 바 있다.

차페크는 『R. U. R.』에서 '로봇'[2]이라는 단어를 사용하며 인조인간에 대한 아이디어를 구체적인 연극 작품으로 만들어내서 당시에 커다란 파장을 일으켰다. 파격적인 소재인 '로봇'을 다루었던 『R. U. R.』은 소설, 영화를 비롯한 수많은 다른 장르의 예술작품에 영향을 주었다. 이 작품은 예술작품의 범주를 넘어서 사회적, 철학적, 과학적인 논제를 제기했고, 그 논제들은 현대를 사는 우리에게도 여전히 유용할 만큼 시대를 초월한 것들이다.

인공지능과 제4차 산업혁명을 이야기하는 지금, 100년 전에 인조인간과 인공지능을 이야기한 희곡 『R. U. R.』을 재조명할 필요가 있다. 『R. U. R.』은 문학적인 가치는 차치하더라도 현대의 우리가 로봇, 인공지능, 안드로이드 등을 이야기하거나 개발하는 과정에서 혹시 간과하고 있는 것은 없는지 되돌아보게 하고, 경종을 울리는 작품이기 때문이다.

표정과 웃음을 잃은 인간의 얼굴

현대를 살아가는 우리들에게 문명의 이기는 우리 생활을 보조하는 것 이상의 의미를 지닌다. 기술과 기계 장치들이 인간 삶에서 중요한 역할을 하게 된 이유는 무엇일까? 인간 개개인의 측면에서는 편리함 때문일 것이고 사회나 국가와 같은 거시적 측면에서 본다면 부스만의 입을 통해 언급된 자본주의 시장의 원리에 의한 것일 테다. 다른 한편으로는 인간이 땀 흘려 일해야만 하는 노동에서 벗어나기 위해 기계를 만들었으며, 점차 기계가 인간을 대신함으로써 인간은 노동이라는 족쇄에서 벗어나게 되는 측면이 있다. 누구도 노동하지 않는 완벽한 사회, 바로 이를 위해 완벽한 로봇을 만들기 원했던 것이 도민의 이상이다.

도민: (…) 하지만 사람이 사람을 주인으로 모시는 걸 멈출 테고, 사람이 물질에 목매는 일도 멈추겠죠. 빵을 위해 목숨을 걸 이유도, 증오를 통해 구할 이유도 없어지게 될 겁니다. 사람은 더 이상 노동자도, 필사자도 아니고, 더 이상 석탄을 캐지도, 낯선 기계 옆에 서지도 않을 겁니다. 더 이상 저주받을 노동 때문에 영혼을 잃지도 않을 겁니다.

도민에게 로봇이 단지 인간의 노동을 대신하는 기계일 뿐이라면 헬레나의 로봇은 다른 의미의 로봇이다. 헬레나가 서막에서 말하는 로봇은 기계처럼 노동하는 인간의 모습, 인간 본연의 모습을 상실하고 기계처럼 살아가는 인간의 모습, 즉 인간성을 상실해가는 현대인의 모습을 상징한다.

많은 독자나 비평가들이 기계인 로봇이 점차 발전해서 결국에는 인간의 모습과 혼동될 정도로 변화하는 것에 초점을 맞추어 이 작품을 해제하지만, 거꾸로 그런 로봇을 통해 인간의 모습을 보는 것이 차페크의 목적이었다. 차페크는 로봇의 아이디어를 여러 곳에서 얻었지만, 특히 퇴근길 전차 속에서 무표정한 얼굴의 지친 모습을 한 사람들을 보고 그 아이디어를 얻었다고 한다. 무표정한 얼굴, 로봇처럼 표정 없고 웃음기 없는 그 모습은 영락없이 오늘날 문명의 이기에 둘러싸여 살아가는 인간의 모습인 것이다. 서막에서 헬레나는 비서 술라를 보고 인간이라고 확신한다.

헬레나: (앉으며) 아가씨는 어디 출신이에요?

술라: 여기, 공장입니다.

헬레나: 아하, 여기서 태어나셨군요?

술라: 예, 여기서 만들어졌습니다.

헬레나: (벌떡 일어나며) 뭐라고요?

도민: (웃으며) 글로리오바 양, 술라는 사람이 아닙니다. 술라는 로봇이에요.

헬레나: 어머! 용서하세요 —

이미 인간과 로봇 간에 외견상 차이가 없기에 헬레나는 도민의 비서를 인간으로 오인하는 것이다. 반대로 도민이 섬에 있는 모든 사무원은 로봇이라고 했기 때문에 헬레나는 파브리, 갈, 부스만 등 도민과 함께 일하고 있는 인간들을 로봇이라고 착각한다. 차페크가 서막을 코미디라고 명시한 대로, 서막에는 웃음을 자아내는 여러 요소가 있다. 무엇보다 헬레나가 인간과 로봇을 혼동하는 이 상황은 가장 큰 웃음 포인트이다. 차페크가 그려내고 있는 이 웃음은 인간성 상실의 측면을 강조하여 쓴 웃음을 짓게 하는 풍자라고도 할 수 있겠지만, 그보다는 해학에 가깝다. 웃음 속에서 인간을 바라보는 연민이 엿보이기 때문이다. 그것은 기계의 발달과 함께 문명의 이기에 익숙해져가는 사람이 기계와 유사한 모습으로 변해가는 안타까운 현실에 대한 연민이다. '사람'을 그 어떤 것보다 중심에 두었던 차페크의 인본주의적 시선을 느낄 수 있는 장면이라 할 수 있다.

전구의 불빛과 깜박이는 인류의 생명

『R. U. R.』에는 다양한 상징들이 담겨 있다. 작품 전체에 숨겨진 여러 상징을 찾아보는 것이 이 작품을 읽는 재미를 한층 돋워준다. 등장인물의 이름부터 사물 하나까지 어느 것 하나 우연히 등장하는 경우는 없다.

　무엇보다『R. U. R.』에 등장하는 인물들이 각각의 상징성을 가지고 있는데, 특히 이름에서부터 그 상징성이 엿보인다. 예를 들어 로봇을 만드는 두 명의 천재적 인물인 로줌의 경우 체코어의 '이성, 지능'의 의미를 가진 단어 '로줌rozum'에서 나온 이름이다. 도민의 경우는 라틴어의 '신'이라는 의미를 가진 '도미누스dominus'에서 나온 이름으로, 그가 로봇을 통해 인간의 세상을 새롭게 만들려고 하는 의도를 상징하는 것이다. 헬레나는 너무도 잘 알려진 그리스 신화 속 절세가인이자 트로이 전쟁의 원인이 되었던 그 헬레나처럼, 모든 남성이 사랑에 빠질 정도로 아름다운 여성이다. 로봇 헬레나 역시 갈 박사가 "신의 손도 로봇 헬레나보다 더 완벽한 작품은 만들지 못했었죠!"라고 언급할 정도로 완벽하게 아름다운 모습이다. 한편 부스만의 이름은 그가 재정 담당인 것에서 유추할 수 있듯이 영어 단어인 '비즈니스맨businessman'에서 나온 것이다.

　또한 차페크는 사소한 사물을 활용하여 의미를 확장하거나 중요한 상징성을 내포하도록 하는 능력이 탁월하다. 일례로 이 작품에 등장하는 전구는 내부와 외부의 경계를 표시하며, 더 나아가 인류의 생명을 나타내는 상징으로까지 확장된다. 2막에서는 본격적으로 로봇의 공격이 시작된다. 세상의 여러 곳에서 승리를 거둔 로봇들이 이제 로봇 생산의 본거지인 로줌 유니버설 로봇의 본사를 공격하기 시작한 것이다. 로봇들이 모든 곳을 포위하고 공격 태세를 갖추자 주인공 중 한 명인 파브리는 담장 전체에 전기를 통하게 하는 바리케이드를 친다. 그리고 이 전선을 실내의 전구와 연결시킨다.

파브리: 완성!

갈 박사: 뭐가?

파브리: 배선. 이젠 우리가 정원의 철책 전체에 전류를 연결할 수 있게 되었네. 누가 건드리기만 해도, 펑! 적어도 거기에 우리 편이 있기만 하다면 말이지.

갈 박사: 어디에?

파브리: 발전소지, 학자 양반. 내가 바라는 바로는 적어도 – (벽난로 쪽으로 가서 그 위에 있는 작은 전구를 켠다) 신이시여, 감사합니다! 발전소에 우리 편이 있군. 일하고 있어. (불을 끈다) 이게 빛을 밝히는 한 괜찮은 거네.

위의 인용문에는 로봇의 공격을 막기 위해서 담장에 쳐놓은 전선과 그 전선에 전류가 흐르는 것을 확인시켜주는 전구가 등장한다. 여기서 전선은 공간을 나누는 경계이며, 전구의 빛은 이 경계가 유지되고 있음을 보여주는 역할을 한다. 즉 주인공들이 있는 내부 공간이 로봇 군대가 있는 외부의 위험으로부터 분리되어 유지되고 있다는 사실을 보여주는 장치인 것이다. 하지만 이 안전한 공간은 그리 오래가지 않는다.

파브리: (벽난로 위에 전구를 켜면서) 불을 밝혀라, 인류의 빛이여! 아직 발전기가 작동하는군, 아직 저쪽에 우리 편이 있는 게야 — 발전소에 있는 사람들이여, 힘을 내시오!

(…)

(전구가 꺼진다)

파브리: 끝이군.

할레마예르: 무슨 일이 일어났나?

파브리: 발전소가 점령됐다는 거지. 이제 우리겠군.

갑자기 전구의 불이 꺼진다. 내부의 공간이 안전하다는 것을 알려주던 전구가 꺼졌다는 것은 더 이상 전류가 흐르지 않는다는 것을 의미하며 이것은 공간의 경계가 허물어졌음을 암시한다. 실제로 불이 꺼지자마자 로봇들은 인간을 공격하고, 내부에 있던 인간 중 알퀴스트만을 제외하고 모두를 죽인다. 평화와 안전의 공간이 외부의 침입으로 파괴되는 순간이다. 따라서 전구의 빛은 전류가 통한다는 사실을 보여주는 지표이자, 더 나아가 인류의 생명을 표현한 상징으로서 기능한다.

작은 전구 하나로 세상을 나누고 그 빛으로 인류의 생명과 소멸을 암시하게 만든 차페크의 기호학적 발상은 매우 탁월하다. 등장인물이나 사물의 상징성을 생각하며 읽으면, 이 작품의 독특한 매력을 느낄 수 있을 것이다.

감정이 전염된 똑같은 모습의 인간 군중

차페크의 작품에는 '군집한 사람들'이 자주 등장한다. 그들은 로봇, 도롱뇽, 개미 등과 같은 극단적이거나 우화적인 모습으로 표현되기도 하고, 정치적 이슈에 대해 구호를 외치거나 전쟁에 참여하거나 이데올로기적인 대립으로 양분되기도 하는, 인류의 역사 어디에서나 찾아볼 수 있는 사람들의 모습으로 극에 등장한다.

『R. U. R.』에 등장하는 로봇들도 군중의 특징을 지니고 있다. 로봇들은 인간이 만들어 놓은 다양한 지배 구조와 제도에서 벗어나 인간 집단에 반하는 행동을 하게 된다. 이들은 인간 세상을 무너뜨리고 그들의 세상을 얻기 위한 전쟁을 일으킨다. 이 전쟁이라는 것도 하나의 집단행동 양상이다.

갈 박사: 들어보게, 도민, 우린 분명 잘못했네.

도민: (멈추며) 무슨 잘못?

갈 박사: 로봇에게 지나치게 똑같은 얼굴을 주었어. 수십만의 똑같은 얼굴이

여기를 향하고 있네. 표정 없는 수십만의 거품. 이건 끔찍한 악몽 같구먼.

도민: 만일 각각 얼굴이 달랐다면 ―

갈 박사: ― 이렇게 소름 끼치는 광경은 아니었겠지.

위의 예문에서 볼 수 있듯이 로봇들은 똑같은 모습을 하고 똑같은 행동을 하고 있기 때문에 개성 없는 인간의 군집 형태를 상징한다. 군중 심리 연구로 잘 알려진 르봉은 군중이 "일정한 흥분 단계를 거친 다음 암시에 의해 순전히 무의식적인 자동인형의 상태로 진입"[3]한다고 말한다. 이는 사람들이 집단 속에서 '자동인형'처럼 행동하는 특성을 지적한 것이다.

특히 똑같은 감정을 동시에 느끼는 사람들의 수가 많을수록 감정의 전염 속도가 빠르고 자동적인 충동도 더욱 강해진다. 작품 속에서 똑같은 얼굴을 한 로봇은 감정이 전염된 똑같은 모습의 인간들이다. 이런 로봇들은 인간을 상대로 전쟁을 일으키고 그 여세를 몰아 세상의 모든 인간을 죽이고 마침내 한 사람만을 살려둔다. 그들의 목표는 인간을 말살하고 로봇의 세상을 만들려는 것이며, 이 목표를 향해 한 방향으로 움직인다. 카네티가 "군중은 동적이며 하나의 목표로 움직인다"[4]고 했던 것처럼 로봇은 영락없는 군중의 모습인 것이다.

주인공들 역시 로봇을 군중으로 인식하고 있다. 공격해오는 로봇을 보는 주인공들은 그들을 "군중의 영혼"이라고 부르

며 그들의 모습에서 오는 공포감을 "군중보다 더 끔찍한 것은 없어"라고 말한다. 군중 사이에 어떤 사실에 대해 일체감이 형성되면 이미 "강력한 감염 메커니즘"이 작동하고 이런 군중은 한 방향으로 향한다. 특히 그 사실이 사상이나 정서, 감정, 신념에 관한 것이면 그 감염은 강력한 결과를 낳는다.[5] 그렇기에 작품 속의 로봇 집단은 인간을 증오하는 정서 혹은 신념을 강하게 공유하며, 폭동을 일으키고 인간을 살해하는 방향으로 나아가는 것이다.

차페크는 로봇이라는 아이디어를 통해, 군사 기술을 비롯한 각종 과학기술이 발전한 문명사회에서 인간이 뚜렷한 인식 없이 자동인형 같은 정신으로 살아갈 때 얼마나 위험할 수 있는지를 보여준다. 전운이 감돌고 파시즘이 전 유럽에 전염병처럼 퍼져가던 1930년대에, 차페크는 자신의 연극을 통해 군중과 그들의 집단행동에 대한 의미를 다시금 되새겨보도록 했다.

인간은 어떻게 살아야 하는가?

차페크는 천재적인 문학적 상상력의 소산인 '로봇'을 통해서 독자나 관객들이 인간의 존재와 본성에 대해 질문하도록 자극하고 싶었다. 그의 상상력의 결정체인 로봇은 당대에는 너무나도 파격적이었다. 그렇기 때문에 당시에는 차페크가 아무리 그의 극작 의도를 설명해도 그의 철학적인 메시지보다는 신선하면서도 공포스러운 로봇이라는 모티프에 전 세계의 이목이 집중되었다.

오늘날의 우리는 로봇이라는 단어가 친숙하다. 이미 로켓을 발사하고 유전자를 복제하는 세상이 왔다. 어쩌면 머지않아 인간과 구별하기 어려울 정도로 인간과 닮은 안드로이드가 탄생할 수도 있다. 인류는 과학기술이 발전하는 것에 감탄하며 앞다투어 그 발전을 가속화하고 있다. 그와 동시에 우리는 인공지능의 지나친 발전이 인간에게 끼칠 영향들을 우려한다. 도민의 자긍심과 헬레나의 공포감이랄까.

이 시점에서 오늘날의 우리는 차페크가 전하고자 했던 메시지를 신중히 고민해볼 필요가 있다. 개인의 차원에서 차페크는 인간이 자연의 일원으로서 자연과 조화를 이루고 자연을 거스르지 않고 살아가는 것이 중요하다고 강조한다. 실제로 거의 전문가 수준의 원예 실력을 갖췄던 차페크는 매일 일정 시간 집필 활동을 하고 나면 밖으로 나가서 정원 일을 했다. 그 나머지 시간은 자연에 머무르며 그가 사랑하는 개, 고양이와 함께 보내는 것을 좋아했다. 대통령을 비롯한 사회 최고의 지위에 있던 사람들과 교우하고 세계적인 작가의 반열에 올라 인기를 구가했음에도 불구하고, 그는 창작 활동 이외의 시간에는 자연 속에서 땀 흘려 일하는 것을 소중하게 여겼다. 로봇이 유일하게 살려준 인간, 알퀴스트처럼 말이다.

사회적 차원에서 차페크가 말하고자 했던 것은, 사회 구성원인 대중이 집단 속에 매몰될 것이 아니라 스스로의 의지를 가지고, 신중하게 생각하고 행동해야 한다는 것이다. 그는 대중, 즉 다수의 국민이 얼마나 중요한 의사결정권자인지를 명확하게 보여주고 있다. 스스로 생각하려는 의지 없이 주변에 휩쓸려 가볍게 행동하는 것이 인류를 위협할 수도 있다. 로봇처럼 되는 것이다.

『R. U. R.』은 뚜렷한 결말이 없는 작품이다. 알퀴스트의 기도나 바람처럼 정말 로봇 프리무스와 헬레나가 새로운 인류의 시작이 된 것인지, 아니면 실패로 돌아가 인류가 멸망했는지 알 수 없다는 점에서 말이다. 그는 단독으로 다섯 편의 희곡을 썼는데 모두 뚜렷한 결말이 없이 끝이 난다. 모두 열린 결말인 것이다. 독자들이 스스로 생각하고 느끼도록 하는 쪽을 선호하는 차페크의 성향 때문이다.

『R. U. R.』은 '로봇이 무엇인가'를 묻는 것이 아니라, '인간은 무엇인가', '인간은 어떤 모습으로 살고 있는가', '인간은 어떻게 살아야 하는가'를 묻는 작품이다. 바쁜 일상을 살아가는 우리에게 '인간이란 무엇이며 어떻게 살아야 하는가?'라는 질문은 어쩌면 당혹스러울 수도 있다. 그래도 한 번쯤은 차페크가 열어 놓은 문으로 들어가, 스스로 이 질문의 답을 구해보는 것도 좋을 것이다.

◆

학생 때 이 작품을 처음 접하고 '거의 100년 전에 이런 작품을 썼다고?'라고 생각하며 경탄을 금치 못했었다. 차페크가 이 작품을 썼던 1920년 당시에는 여전히 여러 나라에서 우마차가 다니고 있었다. 우마차가 다니는 근대 풍경이 머릿속에 겹쳐지면서, 차페크의 선구적인 생각과 창의적인 발상에 존경심이 일었다.

그의 창의적 발상의 기저에는 인간의 본질과 존재에 관한 철학적 탐구와 인본주의적 시각이 깔려있다. 그래서 그는 공상과학적이고 미래지향적이면서도 동시에 철학적인 작품을 쓴 것이다. 차페크는 독자들이 철학적인 작품을 쉽게 접할 수 있도록 추리 소설의 기법을 자주 사용했다. 흥미를 느끼게 하면서도 결코 가볍지 않은 작품들을 통해서 독자들이 생각할 여지를 주는 것이다. 역자도 그런 그의 단편소설을 읽고 매료되어 본격적으로 체코 문학을 연구하는 학자의 길을 걷게 되었으며 그의 완성도 높고 독창적인 희곡 작품의 깊이에 감동해 차페크의 희곡을 연구했다. 독자들의 흥미를 유발할 수 있는 창의적인 소재와 이야기를 다루면서도 묵직한 메시지와 철학적인 질문을 던지는 그의 작품은 읽을 때마다 새롭고 그 의미를 다시 생각하게 만드는 매력이 있기 때문이다.

차페크의 대표작이자 '로봇'이라는 단어를 탄생시킨 작품 『R. U. R.』이 세상에 나와 빛을 본 지 100년이라는 세월이 흘렀다. '로봇 탄생 100주년'을 맞이하여 존경하는 카렐 차페크의 『R. U. R.』을 번역할 수 있어서 무한한 행복을 느낀다. 번역하는 내내 '차페크가 어떤 생각을 하면서 작품을 썼을까?'를 고민했고, 최대한 원문에 가까운 어투와 표현을 담아내려고 노력했다.

마지막으로 이 같은 기회를 가질 수 있게 도움을 준 주한 체코문화원과 이음출판사에 감사의 인사를 드리는 바이다.

2020년 4월, 유선비

1　『난파』, 『이영녀』, 『산돼지』등 희곡으로 알려진 김우진은 평론으로도 유명한데, 그는 「구미 현대극작가론」에서 20세기 초반 유럽과 미국을 대표하는 작가들에 대한 논평을 한다. 여기에서 유럽의 대표작가로 차페크를 다루고 있으며 당시 우리나라 사람들에게 생소했던 체코어와 문학, 체코슬로바키아의 연극에 대해 짧지만 일목요연하게 설명한 후에 카렐 차페크와 그의 대표작에 대해 상세하게 논하고 있다. 이외에도 그의 대표적 연극평인 "築地 小劇場에서 〈人造人間〉을 보고" 라는 작품 역시 일본의 소극장에서 상연된 차페크의 작품 〈R. U. R.〉에 대한 글이었다.

2　이 단어는 체코어 '로보타robota'에서 나온 말로 '노동, 노역'의 의미를 지니고 있으며 체코어에서는 외부의 지시나 명령에 의해 행하는 노동이라는 의미를 내포하고 있다. 카렐 차페크는 이 명칭이 작가이자 화가였던 그의 형 요세프 차페크의 아이디어라고 밝혔다.

3　G. Le Bon, *Psychologie davu*, 2016, s. 190.

4　Elias Canetti, *Crowds and Power* (New York: Continuum, 1981), pp. 29~39.

5　G. Le Bon, *Psychologie davu*, 2016, s. 79.

R. U. R. 로줌 유니버설 로봇

처음 펴낸날 2020년 4월 17일
2쇄 펴낸 날 2025년 1월 1일

지은이 카렐 차페크
옮긴이 유선비
펴낸이 주일우
편집 윤자형
표지디자인 권소연
본문디자인 PL13, 권소연

펴낸곳 이음
등록번호 제2005-000137호
등록일자 2005년 6월 27일
주소 서울시 마포구 토정로 222 한국출판콘텐츠센터 210호
전화 02-3141-6126
팩스 02-6455-4207
전자우편 editor@eumbooks.com
홈페이지 www.eumbooks.com

ISBN 978-89-93166-07-1 03890

값 18,000원

이 도서의 국립중앙도서관 출판예정도서목록(CIP)은
서지정보유통지원 시스템 홈페이지(http://seoji.nl.go.kr)와
국가자료공동목록시스템(http://www.nl.go.kr/kolisnet)에서
이용하실 수 있습니다. (CIP제어번호: CIP2020014192)